부디,
천국에
닿지 않기를

부디,
천국에
닿지 않기를

どうか、天国に届きませんように

God,
please don't
listen to
my wish.

長谷川 夕
하세가와 유
김해용 옮김

BOOK
HOLIC

CONTENTS

검은 실

'검은 실'이라는 게 있습니다.

그냥 평범한 '검은색 실'이 아닙니다. 훨씬 더 특별한 것입니다.

내가 처음 그 존재를 알게 된 것은 아직 아무것도 모르던 어린 시절. 초등학교 2학년이었으니까 여덟 살 때였습니다. 20년도 더 된 옛날 일입니다.

이를테면 유령과 관계된 심령물이나 초능력 같은 초현실적 현상, 괴기, 등골이 오싹해지는 도시괴담 같은— 자연스럽게 전해 내려온 것이 아닌 불가사의한 일에 많은 사람들이 매료되어 열광하던 시절이 있었습니다.

불가사의한 체험담을 기초로 현지에 전파되거나 그것을 해설자가 설명하는 프로그램의 인기가 최고조에 이르렀던 시절, 그때 마침 어린 시절을 보내고 있던 나는 대개 그러하듯 예외 없이 그 소용돌이 속에서 그것을 즐겼습니다.

늦은 밤 방송되는 프로그램을 이불 속에 들어가 열심히 보다가 다음 날 학교에 등교하자마자 반 아이들과 요란하게 떠들어대고는 했습니다. 어딘가에서 새 정보를 입수하면 그것을 주위에 퍼뜨렸고, 프로그램에서도 자세히 설명해주었죠.

오컬트occult. 초자연적인 요술·주술·심령술·점성·예언 따위의 총칭. 또. 이러한 것으로 어떤 물건이나 일에 영향을 주고자 하는 일.—역자 주는 여러 갈래로 나뉩니다. 에이리언이나 미확인비행물체 같은 지구 밖 생명체도 있고, 전설 속 생물인 네시나 설인, 유령이나 심령 사진, 입 찢어진 여인 같은 도시괴담, 요괴 등등…….

텔레비전이나 만화, 도감, 소설, 나는 불가사의한 세계에 매력을 느껴 얼마 안 되는 용돈으로 책을 사 모으기도 하며 푹 빠져들었습니다. 언제나 하늘을 올려다보며 UFO를 찾았고, 사람 발길이 끊긴 들판의 풀숲을 뒤져 츠치노코槌の子. 일본에 서식한다고 전해지는 미확인 동물. 망치를 닮은 몸통이 굵은 뱀 모양을 하

고 있다고 한다.─역자 주 같은 생물을 찾아다녔습니다.

어린 내 눈에 비친 세계는 한없이 넓고 끝이 없는 데다가, 휘황찬란한 색깔을 자랑하고 있었습니다. 반짝반짝 눈부시게 모든 것이 빛나고 있었습니다.

─이 세계 어딘가에 아직 아무도 발견한 적 없는 존재가 있다.

이 얼마나 로맨틱하기 그지없는 말인가요.

아직 보지 못한 존재의 첫 발견자가 될 날을 나는 꿈꾸고 있었습니다. 근거 없는 사명감에 불타고 있었습니다.

내가 제일 먼저 발견하겠다고 말이죠.

1

그것은 7월 초였습니다.

　월초에는 초등학교 도서실에 새 책이 들어오는 시기입니다. 서점에서 봤지만 초등학교 2학년인 나로서는 금액 면에서 도저히 손에 넣을 수 없는 책을, 지난달에 미리 신청했습니다.

　초현실적 현상에 대해 초등학생 눈높이로 정리한, 그림과 글씨로 이루어진 책입니다. 그날, 신청이 무사히 승인되어 책이 도착했고, 신청한 사람의 특권으로 제일 먼저 빌릴 수 있었던 것이죠.

방과 후 대출 처리를 마친 책을 당장이라도 펼쳐 보고 싶은 충동에 시달리며 나는 집으로 가는 길을 서둘렀습니다.

평소 같았으면 특별한 사건을 놓치지 않으려고 눈에 불을 켜고 주위를 살피며 갔을 텐데, 부지런히 집으로 돌아갔습니다. 내 방에 들어선 순간, 책가방을 내팽개치고 정신없이 책을 읽었습니다.

새 책 특유의 냄새가 내 정신을 흥분시켰습니다. 도서실 서고에 있던 오컬트 관련 책을 이미 다 읽어버렸던 나는 새로운 정보를 맹렬히 갈구했습니다.

표지를 쥔 손을 떨며, 시간도 소리도 잊은 채 한 글자도 놓치지 않으려는 듯 읽어나갔습니다.

그중에서도 특히 내 마음을 파고들었던 것은 1974년의 기사 내용이었습니다.

어떤 한 초능력자에 의해 벌어진 숟가락 구부리기…….

그것만으로도 충분히 충격적이었습니다. 하지만 숟가락 구부리기는 그때부터 심각한 사태를 불러일으켰습니다. 숟가락을 구부리는 영상을 본 아이들이 그것을 흉내 냈던 겁니다. 그리고 수많은 아이들이 정말 숟가락을 구부렸죠……. 그저 흉내만 낸 것뿐인데 모두 다 구부리다니, 그런 일이 있을 수 있나. 즉, 초능력, 염력의…… 감염? 뚫어 질세라 페이지를 바라보았습니다.

내 의문에는 정확한 답이 제시되어 있었습니다. 현상에 대한 회의적인 의견도 모두 첨부되어 있었죠. 억지로 숟가락을 구부리는, 흔히들 말하는 속임수에 대한 것도 다 폭로되어 있었습니다. 이번 책은 오컬트를 믿도록 만드는 데 철저했던 과거의 책들과는 전혀 달랐습니다.

그때 나는 마치 세계의 모든 것을 안 듯한 감각에 휩싸였습니다. 지금까지는 당연히 존재할 거라고만 믿어왔던 생각을 깨부수는 충격이었죠.

실은 기사를 읽기 시작했을 때 나는 손에 숟가락을 들고 있었습니다.

그리고 숟가락은 구부러지지 않았습니다. 혈관이 끊어질 정도로 집중했는데도, 숟가락 손잡이를 아무리 마찰시켜도, 기도하고 또 기도했는데도 이루어지지 않았습니다. 너무나 구부려보고 싶어서 마구 두드려보기도 했습니다.

펼쳐놓은 책 위로 나는 숟가락을 내던졌습니다. 거기에는 사기꾼이 된 아이가 있었습니다. 구부리고 싶어도 구부러지지 않는다……. 울고 싶은 기분이 어떤 것인지를 알았습니다.

즉, 특별한 일은 특별한 인간이 아니면 할 수 없고, 일어
나지도 않는 것입니다.

2

책을 다 읽었을 때, 시간은 어느새 밤 9시가 지나고 있
었습니다. 도중에 먹었을 식사에 대한 기억도, 목욕한 기
억도 없었습니다.

책의 여운에 잠겨 있다가 무심코 방에 있던 작은 텔레비
전을 켰습니다. 거의 무의식적으로 채널을 맞추었고, 그러
자 또 오컬트 프로그램이 방송되고 있었죠.

그러고 보니 신문의 방송 면에 괴기 현상 특집이라는 단
어를 본 것도 같았습니다. 하지만 대출한 책에 대한 생각
으로 머리가 꽉 차 까맣게 잊고 있었죠.

화면에는 '실絲은 정말 존재하는가?'라는 제목이 나오고
있었습니다.

프로그램은 주제에 따른 몇 가지 얘기로 구성되어 있었

고, 그 마지막 화인 것 같았습니다. 마지막 화는 전혀 다른 지역에서 태어나고 자란 남자와 일본에서 태어난 여자가 영국의 무역회사에서 만나 결혼했는데, 두 사람이 과거의 추억 얘기를 하다 보니 점점 많은 공통점이 드러났다는 것이었습니다.

이를테면, 유학 간 곳이 프랑스였고 대학도 같았다는 것. 학창 시절의 여행지와 일정이 완전 똑같았다는 것, 어린 시절 부모님 사정으로 멕시코시티에 가 살던 곳이 바로 근처였다는 것…….

세계를 누비던 소년 소녀는 어른이 되고 난 후 회사에서 우연히 만난 것일 텐데, 어떻게 된 일인지 어린 시절의 공통된 지인이 많았던 것입니다.

그리고 결정적으로 각자의 어머니가 임신 중에 같은 비행기를 탄 적이 있었습니다. 각자의 어머니가 자기 말고도 배부른 임부가 있었다고 기억해냈던 겁니다.

프로그램 말미에는 엇갈리기만 하다가 끝내 맺어진 두 사람에 대해 이렇게 마무리하고 있었습니다.

운명의 붉은 실이 두 사람을 맺어주고 끌어당겨 주었다고 말이죠.

붉은 실.

······솔직히 나는 이 이 얘기에 그다지 흥미를 느끼지 못했습니다. 초등학생 여자아이라면 몰라도 초등학생 남자아이가 이런 얘기를 로맨틱하다고 느끼는 것은 좀 곤란하다고 생각하는 편입니다.

나는 텔레비전을 끄고 이부자리 속으로 들어갔습니다.

이불을 뒤집어쓴 순간에는 붉은 실 같은 건 까맣게 잊은 채 숟가락 구부리기의 세계로 머릿속이 가득 차 있었죠. 구부러뜨리지 못한 초조함이 떠올라 다음에는 어떻게 하면 성공할 수 있을지, 마음속으로 숟가락을 들고 있는 상상을 했고, 그러자 내일에는 기필코 성공할 수 있을 것 같은 기분이 들었습니다.

나는 '특별한 존재'라고 믿고 싶었던 것인지도 모릅니다.

기묘한 꿈을 꾼 것은 그날 밤의 일이었습니다.

3

그것은 불가사의한 꿈이었습니다.

내가 학교를 가고 있는데 눈앞에 실이 나타난 것입니다. 실의 색깔은 모릅니다. 하얗던 것 같기도 하고, 빨갰던 것 같기도 합니다. 투명했던 것 같기도 하고요. 아무튼 그 실은 스륵스륵 내 새끼손가락을 부드럽게 휘감았습니다.

감긴 실이 나를 이끌었습니다.

실이 이끄는 곳에는 학교 갈 때의 지름길인 들판이 있었습니다. 여름에는 푸릇한 풀들이 자라 내 키보다 훨씬 큰, 마치 츠치노코가 나올 것만 같은 풀밭이었습니다. 세 방향이 폐가로 둘러싸인 단독주택 한 채 정도만 한 공터였습니다. 풀이 제멋대로 자란 데다가 안쪽으로 깊이 들어가 있는 널찍한 공간이었습니다.

실에 이끌려 나는 풀숲을 헤치고 나아갔습니다. 서슴없이 나아갔습니다.

츠치노코가 있었습니다. 흙색과 황록색의 얼룩무늬를 하고 있었습니다. 언뜻 뱀이 살아 있는 먹이를 꿀꺽 삼키고 있는 것처럼 보였는데, 눈을 부릅뜨고 보니 츠치노코가 분명했습니다. 목의 잘록한 부분부터 꼬리에 이르기까지 전체적으로 이상하리만치 굵었고, 꼬리만 살짝 나와 있는 모습.

입 찢어진 여자도 얼핏 얼굴을 드러냈습니다. 눈처럼 새하얀 낯빛에, 천으로 된 하얀 마스크. 마스크로도 다 가릴 수 없을 만큼 귀까지 찢어진 입꼬리. 새빨갰습니다. 게다가 낡아서 노랗게 바랜 심령사진이 발치에 떨어져 있었습니다.

호박색을 한 수정 해골과 보이니치 문서600년 전 만들어진 것으로 추정되는 해독 불가능한 문서. 암호학 역사의 성배라고도 불린다.—역자 주. 온통 청록색인 기어1900년 그리스 크레타섬 앞바다의 침몰선에서 발견된 천구의. 톱니바퀴를 이용한 자동기어 메커니즘을 가지고 있다.—역자 주 등, 오파츠OOPArts: Out of Place Artifacts. 시대와 일치하지 않는 인공물이라는 뜻인데, 그만큼 미스터리한, 정체를 알 수 없는 물건들을 말한다.—역자 주들이 하나둘 발견되었습니다.

하늘을 이리저리 올려다보자 붉게 물든 하늘에는 원반형의 금속 비행물체. 분명 저것은 검은 석영처럼 매끈한 칠흑의 눈동자를 번뜩이는 에이리언이 조종하고 있을 터였습니다.

……아무리 꿈이라고는 해도 너무했습니다.

하지만 하늘의 붉은빛과 풀의 청록색으로 물든 세계 속에서 내가 쫓던 것들이 몰래 힐끗힐끗 내 쪽을 살피는 모습은, 이 시간이 영원히 계속되면 좋겠다고 생각할 만큼 매혹적이었습니다.

하지만 걸음을 멈추고 그들에게 도취되어 있을 때가 아니었습니다. 새끼손가락에 휘감긴 실이 잡아 끌었던 것입니다. 실은 풀숲을 더욱 헤치며 나아갔습니다.

이윽고 도착한 곳에는…….

구부러진 숟가락이 떨어져 있었습니다.

금속의 손잡이에는 실이 묶여 있어, 내 손가락에 감긴 실과 서로 연결되어 있었던 것입니다.

꿈은, 거기에서 어이없이 끝났습니다.

다음 날 아침— 학교에 갈 준비를 하면서 나는 어젯밤 꾼 꿈을 떠올렸습니다.

손잡이가 잔뜩 구부러진 은색 숟가락…….

왠지 바보가 된 듯한 기분이었습니다.

어딘가에서 일어난 불가사의한 현상과 나를, 실이 연결하고 있다…… 는 걸 보여주는 꿈일지도 모릅니다만…….

어젯밤 정신없이 읽던 책과 보던 프로그램 내용이 합쳐져, 잠자는 동안 뇌 속에서 정보를 정리한 결과 이런 어지러운 꿈을 꾸었겠죠.

그렇다 해도 너무 엉망진창이었습니다.

왠지 놀림감이 된 것 같아 우울하고, 모든 게 하찮게 느껴져 실망한 나는 대출한 책들을 책가방 안에 아무렇게나 쑤셔 넣었습니다.

책의 페이지 한복판쯤에는 작은 종잇조각이 끼워져 있었습니다. 책을 빌릴 때 끼우는 감열지感熱紙. 화학물질을 표면에 발라 열을 가하면 색이 나타나는 종이. 프린터 따위에 쓴다.—역자 주였는데, 반납 기한이 일주일 후로 인쇄되어 있었습니다. 평상시 같았으면 반납일까지 가지고 있다가 몇 번이고 다시 읽은 후 내용 전체를 다 암기했을 것입니다.

하지만 이번에는 그럴 마음이 들지 않았습니다. 한 가지 진리가 내 앞을 막아서는 바람에, 체념을 배웠던 것입니다.

'어차피, 특별한 일은 선택받은 인간에게만 일어난다.'

딱히 빈정대는 게 아니라 보편적인 사실을 이제 겨우 받아들이게 되었다는 담박한 기분이었습니다.

나라는 존재는 별로 특별할 것 없는 평범한 인간이라는 것을요.

4

빨간 실이라는 게 실재할까?

그렇게 생각했던 건 초등학교 교실에서였습니다.

이를테면 같은 교실 안. 같은 반인데, 어딘지 모르게 서로를 신경 쓰는 듯한 남녀 아이가 있었습니다. 가만히 관찰하다 보니, 무슨 일이 있을 때마다 그들 둘은 서로를 쳐다보았던 것입니다. 또한 사귄다는 소문이 난 선생님들이 있었으므로 그들의 손가락을 바라보았습니다.

둘 사이에 빨간 실이 있을까?

로맨틱함을 추구하는 게 아니라 단순한 호기심으로 그렇게 생각했던 것입니다.

내 눈에는 빨간 실은 보이지 않았습니다.

그날은 가정과 수업이 있었기 때문에 바느질 상자 안을
나는 들여다보았습니다. 찬합 정도 크기의 바느질 상자 뚜
껑을 열고 실을 찾았습니다. 자수 수업이 있을 때만 사용
하는 색실 외에 하얀 실과 검은 실, 미싱에 쓰이는 실. 색
실은 풀리면 성가실 것 같아서 실패에 감긴 검은 실을 꺼
냈습니다.
　마침 수업 종이 울려 나는 실패를 호주머니 안에 그냥
넣어버렸습니다.
　그 사실을 깨달은 것은 집으로 돌아가는 길에서였습니다.

　집으로 돌아가는 길.
　나는 평소 늘 그렇듯, '뭔가 불가사의한 일이 주위에 떨
어져 있지나 않을까' 하고 눈을 부릅뜬 채 길을 걷고 있었
습니다.
　전신주 그늘에 기묘한 사람이 서 있지 않은지, 이세계異
世界로 통하는 구멍이 나를 유인하지 않을지, 하늘은 신비
한 색을 띠고 있지 않은지― 그런 생각들을 하면서 걸어갔

던 것입니다.

하지만 전신주에는 개가 갈겨놓은 소변이 고작이었고, 구멍은 있지도 않았으며, 여름 하늘은 쾌청했습니다. 태양이 눈부시게 내리쬐고 있었고, 눅진한 바람이 불어오는데 매미는 대합창을 하고, 길가의 풀들은 어제보다 훌쩍 더 자란 와중에 아스팔트의 달궈진 냄새가 풍기고 있었습니다.

모든 게 평범했고 평소와 똑같았습니다.

그때 문득 내가 입고 있던 옷에서 뭔가가 나오는 걸 깨달았습니다.

'실?'

활발하게 운동을 하는 성격은 아니지만 여기저기에 엎드리거나 풀숲을 헤치고 돌아다니는 일이 많았던 나는 옷이 어딘가에 걸리는 일도 자주 있었습니다. 분명 또 어딘가에서 소맷자락이 걸려 뜯겼을 겁니다.

어머니에게 혼나겠다고 멍하니 생각하면서 나는 뜯긴 원인을 찾아보았습니다. 반소매 셔츠 어딘가에서 검은 실이 길게 나와 있었습니다만…….

'……검은색?'

곧바로 '이상하네.' 하고 생각했습니다. 셔츠는 노란색에 바지는 파란색, 검은색이 쓰일 만한 곳은 아무 데도 없었습니다. 대체 어디에 쓰인 검은색일까?

뜯긴 곳도 찾을 수가 없었습니다.

그냥, 기다란 실이 나와 있었던 것입니다.

나는 호주머니를 뒤지다 작고 딱딱한 뭔가를 만졌습니다.

'아, 실패.'

그러고 보니 오늘은 가정과 수업이 있었고, 검은 실이 감긴 그것을 가지고 왔습니다. 호주머니에 넣었던 기억이 되살아났습니다. 제자리에 돌려놓는 것을 잊었던 거죠.

실패를 손에 든 나는 다시 기묘한 사실을 눈치챘습니다. 길게 나온 실이 팽팽해지며, 길 끝으로 이어지고 있었던 겁니다.

'이상한 일'의 시작이었습니다.

혹시 이건 꿈의 계속인 걸까?

계속 가다 보면 숟가락이?

설마.

실패에서 풀린 실을 자신도 모르게 길 가는 내내 흘렸다고는 도저히 생각하기 힘들었습니다. 어쨌거나 이 실은 마치 나를 유혹하듯이 강하게 끌어당기고 있었던 것입니다.

나는 미국인 남성과 일본인 여성에게 연결되어 있었다는 운명의 빨간 실을 떠올렸습니다. 특별한 사람에게만 일어나야 할 현상이 지금 내 신변에 일어나고 있는 건 아닐까.

실의 끝을 확인하면 알겠지.

나는 실이 강하게 끌어당기는 힘에 맡긴 채 종종걸음으로 걸어갔습니다. 꿈보다 훨씬 강하게 끌어당기고 있었습니다. 그때의 실은 부드럽게 휘감겨 있었는데, 어느새 손가락이 끊어질 것처럼 칭칭 얽어매고 있었습니다. 새끼손가락이었습니다. 정말 금방이라도 끊어버릴 듯 강한 힘이었습니다.

"기다려."

나도 모르게, 누구에게랄 것도 없이 그렇게 말했는데도 꾸역꾸역 끌려갔습니다.

길의 끝은 평소대로 들판이었습니다. 꿈에서 보았죠. 츠치노코가 있을지도 모릅니다. 입 찢어진 여자도 나올지 모르고, 오파츠가 굴러다닐지도 모릅니다.

풀숲에 도착했을 때 나는 반쯤 뛰는 상태로 와서 어깨로 숨을 몰아쉬고 있었습니다.

검은 실은 풀숲으로 이어져 나는 아픔을 참으면서 풀숲을 헤치고 나아갔습니다. 동시에 흥분이 몰려와 멈출 수가 없었습니다. 마음은 이미 숟가락을 구부린 초능력자였습니다.

무슨 일이 벌어질 때까지, 이제 얼마 안 남았다!

하지만 검은 실은 갑자기 방향을 바꿨습니다.

풀숲을 지나 이웃 폐가로 연결되어 있었던 것입니다.

'어라?'

대체 어디로 연결되어 있는 걸까?

실은 폐가의 담벼락을 타 넘었습니다.

폐가는 오래된 목조건물이었습니다. 부엌문의 자물쇠를 열려고 하는데 쉽사리 부서졌습니다. 부엌문뿐만 아니라 여기저기가 부서져서 위험했습니다. 실은 위험 따위는 안중에도 없이 안으로 계속되고 있었습니다.

마치 집 안으로 유도하는 듯했습니다. 나무문 틈 사이로 들어간 실은 아프게 나를 끌어당겼습니다. 마치 비명을 지르며 부르고 있는 것 같았어요.

건물 안으로 들어갔습니다. 바닥은 썩어 푹 꺼질 것 같았습니다. 천천히 나아갔습니다. 주변은 기분 나쁘게 조용했습니다. 손가락이 끊어질 듯 아팠지만 누군가를 불러도 아무도 못 들을 것 같았습니다. 천장도 부서져 모래가 떨어지고 있었습니다. 밖에서 보는 것보다 안쪽이 훨씬 더 많이 상해 있었습니다.

심한 악취가 나는 곳까지, 실은 계속되었습니다.

폐가의 창문으로 들이친 빛마저 닿지 않는 곳에서, 옷을 입고 누워 있는 사람을 발견한 것은 그때였습니다. 꼼짝도 하지 않고 가만히 있는 작은 몸집의 덩어리였습니다.

실이 그 사람이 입고 있는 검은 옷에서 나오고 있었기 때문에, 실을 따라 거슬러 온 이상 발견하게 될 것은 당연했습니다. 제법 멀리 떨어져 있는데도 풍기는 이 엄청난 악취는 뭘까?

검은 옷을 입고 있는 것처럼 보였던 것은 무수히 떼 지어 있는 파리 때문이었습니다.

5

경찰이 몰려와 한바탕 소동이 벌어졌습니다.

나는 검은 실의 존재를 누구에게도 말하지 않았습니다. 일단은 아무도 믿지 않을 것이었습니다.

내가 서둘러 밖으로 뛰쳐나온 후 어른들을 부르고, 경찰이 몰려왔을 때는 검은 실 같은 건 마치 처음부터 없었다는 듯 사라졌으므로 물증도 없었습니다.

조사에 의하면 사체는 폐가에 살던 할머니였다고 합니다. 다른 시설에서 살았지만 일주일 이상 전에 시설에서 빠져나와 행방불명이 되었고, 누구에게도 들키지 않은 채 자택으로 돌아왔다가 그렇게 된 것이었습니다.

할머니는 더 이상 스스로 제 몸 하나 가눌 수 없는 상태였고, 집을 나갔을 때 전기도, 수도도, 가스도 뭐고 다 끊겨 아무리 집에 돌아오고 싶어서 돌아왔다 해도 여기서 생활할 수는 없었을 겁니다. 들려온 말에 따르면 오랫동안 식사도 하지 못해 위 속은 텅 비어 있었다고 합니다.

그냥 자신을 놓아버린 끝에 피로와 허기로 드러눕게 되

었고, 그대로 죽어버린 상황이었습니다.

"왜 그런 데 들어갔지?"

어른들에게 질책받자, 나는 '모험을 하고 싶었다.'고 대답했습니다. '어지간히 좀 해라.' 하고 주의를 받고는 그걸로 끝이었습니다. 소문은 오래 가는 법이 없다고들 합니다. 두 달쯤 지나자, 부패된 사체 따위는 누구도 화제에 올리지 않았습니다.

발견자였다는 사실은 학교에서도 입 밖에 꺼내지 말라고 해서, 설령 사건 다음 날 아침, 교실 안이 빅뉴스로 시끌벅적했어도 나는 내가 '첫 발견자'라고는 밝히지 못했습니다. 자랑하고 싶어 견딜 수 없었지만 그러면 약속을 어기게 됩니다. 게다가,

─특별한 일은 모두 비밀이지.

이것이야말로 내게 있어서 가장 큰 만족감을 얻을 수 있는 것이었습니다.

나는 '뭔가'에 선택받은 것입니다.

검은 실의 존재를 주위에 얘기하면 기분 나빠질 수도 있고, 흥미 위주의 질문 공세에 시달리겠죠. 그러면 번거롭지 않겠습니까.

비밀로 해야 합니다.

누구에게도 말해서는 안 됩니다.

나는 범인凡人이 아닌 특별한 인간이므로.

6

다음으로 사체를 찾은 것도 역시 검은 실에 이끌려서입니다.

처음으로 할머니 사체를 발견하고부터 반년쯤 지났습니다. 여름은 가고, 겨울이 되었습니다. 12월 말, 한 해가 저물어 가고 있었습니다.

여름부터 겨울까지 오랜 시간 동안, 검은 실을 전혀 보지 못했던 건 아니었습니다.

할머니의 부패된 사체를 발견한 직후에는 참혹한 광경이 쉽게 잊히지 않아 정신적으로 불안정한 부분이 있었습니다. 그래서 한동안은 검은 실을 보거나 잡아당기더라도 애써 못 본 체했던 것입니다.

무서운 것을 보게 될 거라는 예감이 들었습니다. 실이 빨간색이 아닌 검은색이라는 점에서도, 운명의 연인과 이어지리라고는 생각할 수 없었죠.

보고도 못 본 체했더니 검은 실은 끊어지고 그대로 스륵 사라져버렸습니다. 마치, 이제 더 이상 안 부를게……, 하고 말하듯이.

할머니 때는 손가락이 끊어질 듯이 불렀는데, 이렇게 포기가 빠른 건 왜일까? 실 끝에 이유가 있었을지도 모르지만, 가지 않았기 때문에 알 수가 없었습니다.

그렇게 기분상 흥분이 잦아들고 있을 무렵이었습니다.

나는 겨우 다시 나를 유혹해줄 검은 실을 찾게 되었습니다. 뭔가를 발견하고 싶은 마음이었죠.

어느새 나타난 검은 실. 무시하지 않고 확실히 눈으로 인정만 하면 실은 나를 다시 끌어당길 수 있었습니다.

그 실을, 나는 따라갔습니다.

하교하는 도중 비가 내렸습니다. 부슬부슬 내리는 온화한 겨울의 안개비였습니다.

다리 밑으로 이끌려가 발견한 것은 2, 3일 전에 초등학교 사육장에서 사라진 토끼였습니다. 토끼는 가혹한 학대를 받고 죽어 있었습니다.

불쌍했지만 신고할 정도는 아니었습니다.

하지만 그대로 방치해두는 것은 아무리 그래도 너무 불쌍했습니다. 나는 다리 밑으로 내려갔습니다. 상류는 제법 비가 많이 내린 듯 강물이 불어나 있었지만, 둑의 흙을 파내기 좋은 지점을 발견하고는 토끼를 그 구덩이에 묻어주었습니다.

그리고 집으로 돌아가 내 방 이불 속에 누워 생각했습니다.

토끼를 묻어준 것에 대해서요.

죽은 토끼를 묻어준 것은 분명 동정심에 의한 행동이었을 겁니다. 불쌍한 토끼. 학대받다가 죽어버린 토끼. 그 아이는 편히 잠들 수 있을까? 틀림없이 편해졌을 거야. 착한 일을 했네요, 나는.

다리 밑으로 내려갔을 때, 어느새 흔적도 없이 사라진 검은 실.

즉, 검은 실에 연결되어 있었던 것은 불쌍한 영혼이었을 지도 모릅니다.

분명 실 끝의 '그들'은 '도와달라'고 호소하고 있었을 것입니다.

하지만 이미 죽어버린 이상, 진정한 의미에서 살려줄 수는 없습니다. 하지만 그 검은 실을 거슬러 가면 마음을 구원해주는 역할을 떠맡을 수 있습니다.

여름날에 발견한 그 할머니도 무척이나 고통스러웠을 겁니다. 내가 발견함으로써 이제 하늘나라에 올라갈 수 있게 된 것일 테죠.

단순히 오컬트를 동경하던 무렵 마음속에 품고 있던 사명감은 전혀 근거가 없는 것이었습니다. 하지만 지금의 나는 다릅니다.

나는 구원받지 못한 영혼을, 편히 잠들도록 도울 수 있는 것입니다.

그것이야말로 선택받은 인간만이 할 수 있는 일인 것이죠.

그리고 나는, 그 인간의 '사체'와 맞닥뜨렸습니다.

7

토끼 사건부터 나는 정력적으로 활동했습니다. 내게 연결되어 오는 검은 실 전부에는 응답할 수 없었지만 최대한 응답하려고 노력했습니다.

'빨리 발견해줘.'

하고 말하듯이, 나를 강하게 끌어당겼습니다. 보고도 못 본 척하지 않고— 즉, 검은 실의 유혹을 거절하지 않게 되자, 실이 당기는 힘은 더욱 강해졌습니다. 새끼손가락이 끊어질 뻔했던 일도 잦아져 무섭기도 했습니다.

도착한 장소에서 발견한 것은 대개 동물의 사체였습니다. 낡고 위험한 폐가나 좁은 골목 길가 등, 사람들에게 쉽게 발견되기 힘든 곳에서 개나 고양이를 발견했던 것입니다.

때때로 이름이나 주소가 적힌 목걸이를 한 동물도 있어서, 그럴 때는 주인에게 알려주었습니다. 그렇다고 직접 주인에게 얘기하는 것은 꺼림칙했으므로, 목걸이를 풀어 지도나 편지를 우편함에 넣어두었던 것입니다. —데리러 가주세요.

분명 주인은 반신반의하면서도 지도의 장소로 가서 죽어버린 반려동물을 발견했을 겁니다.

그리고 어느 날.

토끼를 발견한 날과 같이 안개비가 내리고 있었습니다.

실을 쫓아가다가 나는 교외에 있는 커다란 저택 폐허에 이르렀습니다.

20년 가까이 방치된, 광대한 부지를 가진 빈 집의 존재를 나는 알고 있었습니다. 훌륭한 울타리에 빙 둘러싸여 있지만, 울타리 아래는 녹슬고 부식되어 어린아이라면 자유롭게 출입할 수 있을 정도의 크기의 구멍이 뚫려 있었습니다.

울타리를 넘어가면 나무와 풀이 무성하게 우거져 있지만 그것들을 헤치고 나가면 비로소 널찍한 정원이 나옵니다. 정원은 평평하고 축구도 할 수 있을 만큼 넓었습니다. 그래서 저택은 아이들의 놀이터가 되어 있었습니다.

건물 안으로 몰래 숨어드는 것도 쉬웠습니다. 불법 침입이라는 범죄를 저지른다는 의식은 없었습니다. 나보다 훨

씬 큰 중학생이나 고등학생들이 여기로 모여든다는 것도
알고 있었습니다. 위험한 데다 불량배들이 있으니까 가까
이 가지 말라고 선생님께 들은 적이 있었습니다.

　나는 검은 실이 이끄는 대로, 아무도 없는 저택의 1층을
방황했습니다.

　실내는 어슴푸레했지만 창문으로 들이치는 햇빛에 그다
지 위험해 보이지는 않았습니다. 오랜 세월 방치되어 불량
배들의 집합소가 되어버린 것치고는 깔끔하게 정리되어 있
었습니다. 먼지투성이도 아니었고, 비가 샌 흔적도 없는
극히 상태 좋은 폐허였습니다.

　검은 실은 저택 끝, 커다란 문 안쪽으로 이어져 있었는
데 나는 순간 들어가는 것을 망설였습니다.

　먼저 온 사람이 있는 것 같았기 때문입니다.

　신음소리도 났습니다.

　으으……, 하는 짐승 같기도 한 신음소리가 살짝 열린
문틈으로 새어 나왔던 것입니다. 나는 경계하며 걸음을
멈추고 귀를 기울였습니다.

　하지만 실이 나를 끌어당겼습니다.

　내 몸을 지킬 무기조차 없이 평소대로 오고 말았지만 언

젠가는 벌어질 일이었는지도 모릅니다.

할 수 없이 나는 숨을 죽이고 살며시 문을 열었습니다.

작은 소리도 나지 않도록 조심했습니다. 훅 하고 습하
고 불쾌한 공기가 흘러와 나도 모르게 코와 입을 막았습
니다.

예전에 할머니를 발견했을 때의 느낌이 되살아났습니다.
'목격자'가 될 각오를 했습니다.

열린 문 너머는 커튼이 없는 널찍한 방이었습니다. 큰
방이라고 해야 할까요. 하지만 마땅히 있어야 할 세간들
은 다 치워버린 듯했고, 양탄자만 깔려 횅뎅그렁한 인상을
주는 방이었습니다.

비가 내리는 날씨라고는 해도 아직 해가 저물지 않아 햇
빛이 창문으로 들이치고 있었던 덕분에 금방 상황을 파악
했습니다.

한 사람이 방 한복판에 있는, 낡아서 거무스름해진 매
트 위에 웅크리고 있었던 것입니다. 노숙자 같은 차림의
남자였습니다. 마치 할머니를 발견했을 때와 같았지만 크
게 다른 점이 있었습니다.

그는, 살아 있었던 것입니다.

다리가 불편해 보였습니다. 검은 자국이 회색 바지와 노랗게 바랜 매트에 물들어 있었습니다. 이미 새까맣게 변색되어 있었지만 그것은 피일지도 몰랐습니다. 그는 꼼짝 않는 두 다리를 안고 매트 위에서 몸부림치며 괴로운 듯 신음하고 있었습니다.

'살아 있다……!'

이런 상황이라면— 저 사람을, 도울 수 있다.

순간, 그런 생각이 들었습니다.

내 기척을 눈치챘을까요. 그는 "살려줘." 하고 신음했습니다.

하지만 문으로 들어온 내 모습은 보이지 않는 것 같았습니다. 시력을 잃은 건지도 모릅니다. 입술 끝에 거품을 물고 있었습니다. 비쩍 말라 볼은 움푹 패고, 얼굴은 흙빛. 상태가 안 좋은 듯, 며칠 동안 아무것도 먹지 못한 것 같았습니다.

무척 늙은 것처럼 보였지만, 어쩌면 노인이 아닐지도 모릅니다.

검은 실은 사체뿐만 아니라 살아 있는 것에도 연결되는구나 하고, 처음 벌어진 이 사태에 놀랐습니다.

하지만 그것은 착각이었습니다.

문득 보니, 나를 끌어당기던 검은 실은 그가 있는 매트 위가 아니라 다른 곳으로 연결되어 있었던 것입니다.

내 손가락에 칭칭 감겨 있던 검은 실이 연결된 곳은 큰 방의 구석이었습니다. 실이 여러 가닥으로 연결되어, 개나 고양이 사체가 무수히 방치되어 있었습니다. 백골이 된 것 도 보였습니다.

게다가 좀 더러운, 커다란 파란 시트가 있었습니다. 시 트 끝에서 검은 실이 무수히 삐져나와 있었습니다. 보풀 같은……, 미용실에서 흔히 볼 수 있는 마네킹 머리 비슷 한 것이 굴러다니고 있었습니다. 저건, 인조 모형일까요?

큰 방은 온통 사체투성이였습니다.

사체의 산이었습니다.

살아 있는 것은 그와 나뿐입니다.

코와 입을 틀어막은 채, 나는 혼란스러워 하며 굳어 있 었습니다.

이토록 터무니없는 현장에 있다니, 생각지도 못한 일이 었던 겁니다. 온몸이 덜덜 떨려와 한 발자국도 움직일 수 가 없었습니다. 도망치고 싶은데, 그 자리에 못 박힌 듯 움직일 수가 없었습니다.

하지만 시종 내 손가락은 삐걱대고, 귀에는 절규가 와 닿고 있었습니다. 그것은 노숙자인 듯한 남자가 내는 소리가 아닌……, 개나 고양이, 그리고 맞은편에 있는 시트에서 삐져나온 머리카락의 주인이 '날 좀 봐주세요' 하는 비명이었습니다.

나는 겨우 냉정을 되찾고는 깨달았습니다.

즉, 이 남자의 정체. 고통스러운 이유. 그리고 그가 벌인 극악무도한 만행에 대해…….

그는 여기 있는 동물들을 죽이고, 인간도 죽였을 것입니다. 이 큰 방의 사체를 만든 장본인은 아마도, 최소한의 저항을 한 동물로부터 반격을 당해 다리에 부상을 입었던 겁니다. 움직일 수 없게 되어 저택에서 나갈 수 없게 된 것이죠.

'이자는, 살인범……'

틀림없습니다.

그리고 내 안에 의심이 생겼습니다. 여태까지 본 여러 가지들이 서로 연결되어 버린 것입니다.

이를테면 다리 밑 배수로에서 발견된 죽어 있던 토끼.

토끼는 사육장에서 사라졌습니다. 사육장은 토끼가 마음대로 나갈 수 없도록 만들어져 있지만 바깥에서는 언제든 열 수 있습니다. 토끼를 훔친 자가 있었던 거죠.

학대한 것은?

내가 지금까지 발견한, 사육되었어야 할 동물들은?

내가 발견한 동물 중에는 목걸이가 달려 있는…… 즉, 사육하는 동물들도 많았습니다. 하지만 집에서 키우는 반려동물들이 그토록 자주 실종이 될 수 있을까? 게다가 아무도 모르게 죽음을 맞이할 수 있을까?

만약 이 남자가 훔친 거라면?

그리고 큰 방 구석에 있는 시트에서 삐져나온, 저 머리카락은…….

자업자득인 남자. 이제 얼마 남지 않았다는 걸 알았습니다. 하지만 가냘픈 목소리로 살려달라고 매달리고 있습니다. 제삼자의 기척을 느끼고 희미한 바람을 말로 전하고 있습니다.

내 가슴에 피어오른 것은, 분노였습니다.

8

홋날 돌이켜보건대— 분노라는 미적지근한 감정은 아니었을지도 모릅니다. 격분이라 해도 좋을 겁니다.

검은 실은 절대 살아 있는 것에는 연결되지 않습니다. 나를 저택으로 부른 것은 죽임을 당한 동물들과 죽어버린 인간의, 지푸라기라도 잡고 싶은 슬픔이었습니다.

나는 남자를 바라보다가 그대로 집으로 돌아갔습니다.

평소와 다름없이 식사를 하고, 평소처럼 행동하다가 이윽고 잠이 들었습니다. 아침은 늘 일어나는 시간에 자명종 소리에 깼고, 통학로를 걸어 등교한 후, 수업을 들으며 평소처럼 시간을 보냈습니다.

방과 후, 저택으로 갔습니다. 어느새 검은 실에 의한 이끌림은 사라지고 없었습니다. 설령 실에 끌려가지 않았더라도 내 다리는 곧장 끝 쪽의 큰 방으로 갔을 겁니다.

거기에는 아직 남자가 있었고, 숨결은 더욱 가늘어져 있었습니다.

'뭐야, 아직 살아 있는 건가?'

나는 그렇게 생각하며 저택에서 나왔습니다.

예전 할머니는 자리에 누운 후 죽기까지 그리 오래 걸리지 않았다고 들었던 것 같은데, 그때는 애당초 남은 체력이 없었기 때문이었을까요? 하지만 남자는 아직 시간이 더 걸릴 것 같았습니다. 이 남자 쪽이 더 체력이 있었던 것입니다.

어느 날, 마침내 남자가 완전히 정지해 있는 것을 발견했습니다. 그날은 몹시 추운 날씨로 훌륭한 구조 덕분에 그럭저럭 따뜻하던 저택 안도 마치 냉동고처럼 얼어붙어 있었습니다. 그 냉기에 의해 단숨에 당한 거겠죠. 체력이 다한 겁니다.

방에는 메마른 악취와 정적이 가득했습니다.

내 마음도 차가웠습니다. 그렇게나 분개하던 감정은 사라져, 마치 아무 일도 없었던 것 같았습니다.

그리고 내 손가락에는 새로운 검은 실이 감겨 있었습니다.

하지만 어차피 이건, 보고도 못 본 체하면 스륵 사라지고 맙니다. 처음 나를 부른 여러 가닥의 검은 실이 어느새 사라지고 없었던 것처럼 금방 사라질 거라고 생각했습니다.

하지만 실은 끈질기게 나를 끌어당겼습니다.

저택에서 죽은 남자와 연결된 실입니다. 죽고 나서 손가락에 감긴 겁니다.

왠지, 아무래도 사라지지 않았습니다. 손가락이 끊어질 것 같아도 저항했지만, 결국 뼈에 이상이 생긴 것처럼 아팠고, 정말 끊어질 수도 있겠다는 공포에 시달릴 즈음 나는 파출소로 신고하러 갔습니다.

"그 저택에서 이상한 냄새가 나요."

나는 사체의 첫 발견자처럼 보이지 않도록 최대한 가장했지만 내 뜻대로 되지 않았습니다. 어쨌거나 할머니 사건의 전과가 있었으니까요. '모험을 하고 있었다'고 했는데도 호되게 야단맞았습니다.

가는 곳마다 사체가 발견되다니, 사신死神이나 하이에나 같았습니다. 사건이 일단락되자 나에게는 '모험 금지'라는 명령이 떨어졌고 순순히 그 말에 따랐습니다.

이후로는 나는 되도록 검은 실을 무시하려고 애썼습니다.

검은 실은 지금까지 여러 장소로 연결되어 있었습니다. 즉, 이런 건 이 세계의 어디에나 존재하고, 언제든 나와 가까운 곳에서 벌어지는 극히 평범하면서도 싱거운, 그리고 재수 없는 일인 것입니다. 그래서 '보이지 않는다'를 선택하는 것도 간단했습니다.

게다가 나는 저택 사건으로 공포심을 품고 있었습니다.

남자를 발견할 당시 내 마음은 분노로 가득 차 있었습니다. 동물들의 슬픔. 그때 큰 방 구석에서 발견된 것은 이웃 마을에서 행방불명되었던 초등학교 3학년 소녀였던 모양입니다. 그 소녀의, 내게만 닿았던 비명 소리.

남은 유족의 격분을 생각하면, 누구라도 화가 날 테죠.

하지만…….

설령 범인이라 해도 나는 그를 죽도록 내버려두었어야 했을까요?

상처 입고 몸부림치며, 좌우 구분도 못한 채 신음소리로 구원을 요청하던 남자.

나는 아무것도 하지 않았습니다. 그에게 아무것도 해주지 않았습니다. 아무것도 하지 않은 것이 복수 대신이었습니다.

즉, 검은 실이 연결된 그 끝에 있던 암흑색에 내 마음속 저 깊은 곳까지 물들어 매료되었던 순간이 분명 있었던 것입니다.

이윽고 나는 학교를 쉬게 되었습니다.
나를 그렇게 만든 것은 공포였습니다.
충격적인 사체를 계속 발견했다는, 외부에서 유래한 공
포가 아닙니다.
검은 실이 감겨오면 이번에야말로 손가락이 잘릴지도 모
른다는 게 물론 원인의 하나였습니다만…….
훗날 돌이켜보면, 저택에서 괴로워하던 남자를 외면하고
아무것도 하지 않았을 때, 그때의 내 마음이 오히려 더 무
서웠던 것 같습니다.
분노에 온전히 나를 맡겨 타인이 죽어도 모른 체한 내
자신이 다른 무엇보다 무서웠던 거죠.

하지만 보통 사람들이 이해할 수 없는 비밀이 아주 싫
은 것도 아니었습니다. 품고 있으면 품고 있을수록, '이해
심 없는 어른과 비밀을 품은 괴로운 나'라는 구도는 나쁘
지 않았던 것입니다.
애당초 집에서 나가지 않았더라면 문제는 없었겠죠. 학

교를 오가다 그만 검은 실에 사로잡혀, 인간이든 인간이 아니든, 불행한 사체를 발견하고 말았습니다.

완전히 학교에 가지 않게 되는 데까지는 그리 오랜 시간이 걸리지 않았습니다. 어쨌거나 기묘한 현장에 있었던 만큼 주위 사람들은 마치 나를 종기 대하는 듯했습니다. 그것을 계기로 내 은둔형 외톨이의 삶은 더욱 가속화되었습니다.

하지만 나는 다시 사체로 연결되는 실에 감기고 말았습니다.

9

나는 오랫동안 집 안에 틀어박혀 있었습니다.

그동안 부모님은 점점 늙어갔습니다. 초조하긴 했지만 나는 도저히 밖으로 나갈 마음이 들지 않았습니다. 친척 몇몇이 '어지간히 좀 하지!' 하고 혼낼 때도 어머니가 지켜주었습니다. 아버지는 아무 말도 하지 않았습니다.

어느새 20년 가까운 세월이 흘렀습니다.

이제 적당히, 뭔가를 해서 생계를 꾸려야만 했습니다.

부모님이 집에 인터넷 회선을 연결해준 덕분에 나는 인터넷에 몰입했습니다. 마치 과거 오컬트 세계에 빠져들었을 때와 같았습니다.

어느새 과거의 취미와 현재의 취미를 하나로 묶어 생각해낸 나는 홈페이지를 개설하기에 이르렀습니다.

처음에는 여러 오컬트를 정리한 사적인 비망록처럼 만들 생각이었는데, 조금씩 형태를 갖춰가면서 공개하고 싶다는 마음이 강해졌고, 좀 더 많은 사람들의 흥미를 끌 만한 미해결 사건이나 괴기 사건, 엽기 사건들을 모으기 시작했습니다. 접속자 수가 많아져서 고맙게도 제휴 광고 수입까지 얻게 되었습니다.

불가사의한 사건은 지금 현재도 어딘가에서 일어나고 있고, 그것은 교묘히 나를 유혹했습니다. 인터넷 배선도 검은색이어서, 이것도 어떻게 보면 검은 실이라고 할 수 있을지도 모릅니다.

수입이 생기게 되어 이것을 '업'으로 삼은 나는 다시 오컬트의 세계에 빠져들었습니다. 어쨌거나 새로운 소재를 많이 소개하지 않으면 접속자 수가 줄어듭니다.

신선한 소재나 오래된 소재, 다양한 것을 찾는 데 이 시대는 너무나 편리하게 되어 있습니다. 밖으로 나가지 않아도 되니까요.

밖으로는 나가고 싶지 않았습니다.

무서운 게 많이 있습니다.

그리고 나의 내부에는 밖과 접촉함으로써 깨어날 것 같은, 무서운 '뭔가'가 잠들어 있었습니다.

나는 조금씩 내 체험도 보태 기사로 만들었습니다. 검은 실과 그 끝에 연결되어 있는 사체들에 대해서 말이죠.

10

어느 날 밤이었습니다.

한밤중― 나는, 남녀가 다투는 소리에 잠에서 깼습니다.

새벽 3시, 내가 침대에 들어간 지 한 시간 정도밖에 지나지 않았을 시간입니다.

'또 저러네……'

내가 어렸을 때는 사이가 좋았던 부모님이었지만 내가 어른이 되면서 점점 싸움이 늘었습니다. 물론 원인은 나였을 겁니다. 집 안에만 틀어박혀 외부 활동을 전혀 하지 않는 아들은 아무리 수입이 있다 해도 이러니저러니 안 좋은 소문이 떠돌 게 뻔합니다.

그날 밤 부모님은 특히 더 격렬하게 말다툼을 했습니다. 주고받는 내용은 자세히 알아들을 수 없었지만 불쾌한 내용인 것만은 틀림없었습니다. 딱 한 번, '제발 그만해!' 하는 아버지의 목소리가 들렸습니다. 궁지에 몰린 목소리였습니다.

나는 베갯맡에 있던 귀마개를 끼고 다시 자기로 했습니다. 귀마개는 부드럽게, 귓구멍을 꼭 막아주었습니다. 이렇게 있으면 아무런 소리도 들려오지 않았고, 싸우는 소리 역시 들리지 않았습니다.

그 뒤에 깨어난 것은 통증 때문이었습니다.

맹렬한 통증으로 급속히 의식이 깬 나는 우선 방이 어두운 것에 놀라 시계를 보았습니다. 시간은 4시. 이 시간에 창밖이 어둡다는 것은 아직 새벽이라는 것이겠죠. 다투는 목소리를 듣고 나서 한 시간밖에 지나지 않았습니다.

통증의 원인을 찾아보았습니다. 통증은 경험한 적이 있는 것이었습니다.

손가락에 연결되어 있는, 검은 실.

오랫동안 바깥 세계와 접촉하지 않았던 내게 검은 실이 감겨오는 일은 없었습니다. 어느 정도 바깥에 있거나 거리가 가깝지 않으면 나를 부르지 않았던 것입니다. 하지만 손가락에는 검은 실이 연결되어 있었습니다.

검은 실은 내 방문 너머에서, 강하게 부르고 있었습니다. 새벽은 조용하여 벌레 우는 소리만이 들려왔습니다. 침대에서 나온 나는 소리 내지 않도록 조심하면서 불을 켜고 아래층으로 내려갔습니다.

부모님 침실 앞의 복도를 지났습니다. 거실을 지나 넓은 툇마루로. 뒷마당에는 창고가 있습니다. 새벽 특유의 차가운 공기가 피부에 와 닿았습니다. 뒷마당 창고— 그런 곳에 왜 검은 실이 연결되어 있을까요? 불과 몇 시간 전에는 없었는데…….

창고에는 온갖 잡다한 물건들이 처박혀 있을 겁니다. 함부로 그것들을 꺼내다 보면 자칫 무너져 내릴지도 몰라서 좀처럼 열어보지 않는 창고로 변해 있었습니다.

　손가락이 끊어질 것 같은 고통을 참으며 나는 발걸음을
돌렸습니다.

　그렇게밖에 하지 않을 수 없었습니다.

　다투는 목소리에 귀를 막았기 때문입니다.

　좀 더 빨리, 방 밖으로 나왔더라면······.

　아침이 밝아 아래층으로 내려오자, 아버지의 모습이 보
이지 않았습니다.

　"아버지, 집 나가셨다."

　어머니는 담담히 그렇게 말했습니다. 그렇게 말하도록
만든 건 나였습니다. 그래서 나는 거짓말을 받아들일 수
밖에 없었습니다. 계속 보고도 못 본 척했지만 검은 실은
더욱 강하게 손가락을 끌어당겼습니다.

　새끼손가락은 결국 원인불명의 괴사로 절단해야 했습니
다. 구원을 바라는 영혼을, 손가락째 잘라버린 것입니다.
살아 있는 것을 지키기 위해.

11

만약 그날 밤에 들었던 '제발 그만해!'라는 목소리를 못 들은 척하지 않았더라면, 지금쯤 뭔가 달라져 있을까요? 같은 일이 훗날 다시 벌어졌을 때, 나는……

나는 검은 실이 결코 존재하지 않는 것처럼 행동했고, 밖으로 나와 생활하게 되었습니다. 아버지가 돌연 '증발'해 버렸기 때문에 그렇게 만든 나 자신을 반성했고, 어머니를 위해서라도 정상적인 사회인이 되어야만 했습니다.

하지만 서른을 눈앞에 두고 변변한 경력도, 학력도 없는 남자를 고용해줄 회사는 거의 없었습니다. 취직 활동은 난항을 겪고 있었습니다.

청소 회사의 아르바이트에 고용된 것은 11월 중순이었습니다. 기업의 사옥이나 복합 빌딩 등을 돌며 청소를 하거나, 관리회사의 의뢰를 받아 관리 물건인 맨션이나 아파트를 청소했습니다. 처음에는 선배에게 일의 순서나 약품의 취급 방법 등을 배웠지만 그리 오래지 않아 홀로서기를 했습니다.

신주쿠에 있는 주상복합 건물의 청소는 일주일에 한 번이었습니다. 야간에 청소 용품이 들어 있는 배관실 문을 열고 청소를 했습니다.

매일 청소를 하면서 나는 우울한 나날을 보내고 있었습니다. 옛날 일들은 마치 안개가 낀 듯 먼 저편에 있어서, 또렷하게 다시 떠올리려고 하면 고통스러웠던 것입니다. '나는 대체 어디에서 길을 잘못 들었을까?' 그런 생각만 했습니다.

그럴 때였습니다. '그'가 말을 걸어온 것은.

그는 신주쿠 주상복합 건물의 주거 공간에 사는 청년이었습니다. 나보다 살짝 나이가 많으려나? 30대 중반 정도의 호리호리하니 키가 크고 선이 가는 인상의 남자였습니다. 안경을 쓰고 있어서 그리 인상에 남지 않았지만 자세히 보면 단정한 분위기였습니다.

그것은 아르바이트로 들어가 얼마 안 되었을 무렵. 입점 업체 뒤쪽의 쓰레기통이 취한 행인들이 토한 토사물로 범벅이 되어 있는 것을 청소한 직후였습니다.

청소를 하다가 더러워진 나를 보고는 건물의 입주민이었던 '그'가 "힘드셨을 텐데 우리 집에서 샤워만이라도 하지 않을래요?" 하고 말을 건네주었던 것입니다.

그때의 나는 상당히 지저분했을 겁니다. 그리고 겉모습 이상으로 마음이 더 피폐해 있었을 겁니다.

주상복합 건물 3층에는 세 집이 있었습니다. 주거용 원룸입니다. 하지만 한 집에만 사람이 살고 있다는 걸 나는 알고 있었습니다. 그 집에는 재택으로 일을 하는 남자가 살고 있다고 미리 전해 들었습니다. 늘 집에 있으니까 가능하면 조용히 청소하라는 전달사항이 있었습니다. 그, 늘 집에 있으니까……, 라는 부분이 왠지 모르게 나와 공통되는 것 같아 살짝 친근감이 생긴 건지도 모릅니다. 그게 아니라면 생면부지인 타인의 집에서 샤워 같은 것을 할 생각은 못했을 테니까요.

"깨끗하게 청소해줘서 고맙습니다."

누군가에게 고맙다는 말을 들은 기억이 없었던 내게 그의 말은 감동적이었습니다. 침대와 일에 사용한다는 컴퓨터만 있을 뿐, 별다른 세간살이도 없는 살풍경한 집이었지만 따뜻한 방이었습니다. 사양했는데 식사까지 대접받았습니다.

"이렇게 친절히 대해주셔서 감사하지만……."

하며 사양하려 했지만,

"아, 그게, 누군가와 얘기 좀 하고 싶어서요. 괜찮으시면 좀 있다 가세요."

그는 그렇게 말했습니다.

그 뒤로 나는 청소할 때마다 그의 집을 찾아가게 되었습니다. 점차 속마음도 터놓게 되면서 가족에 관한 것이나 성장 과정에 대해서도 얘기했습니다. 늘 집에만 틀어박혀 있었다는 것도 말했고, 마침내 실에 대해서도 얘기했습니다. 그 무렵엔 내가 너무 반응을 하지 않아서였는지, 검은 실이 보이는 빈도 역시 줄어 있었습니다. 그래서 과거에 있었던 일처럼 얘기했습니다.

"그럼 이젠 보이지 않는 건가요, 실은?"

크리스마스이브의 밤이었습니다. 특별한 날이었는데도 내게는 아무런 약속도 없었고, 의외로 그에게도 약속이 없어서 갑자기 찾아갔음에도 친절하게 맞아주어 집에서 둘이 대화를 주고받고 있었습니다.

그는 나의 엉뚱한 얘기를 믿어주었습니다. 실에 끊어진 새끼손가락을 보여주었기 때문일까요.

나는 실에 휘둘리는 삶에 지쳐 있었습니다. 보이지 않았으면 좋겠다고 생각했고, 과거의 일로 치부해버리려고 했습니다. 보이지 않게 되어 아무것도 모르던 시절로 돌아가고 싶다고 말이죠. 사실은 여전히 검은 실은 보였고, 다른 손가락에 감겨 있었는데도.

오늘은 약지가 찌릿찌릿 아팠습니다.

"그래요. 이제는 보이지 않아요."

어느새 상처투성이로 변해버린 손을 감싸면서 내가 말하자, 그는 걱정스러운 표정이었다가 어딘지 모르게 안도한 표정으로 변했습니다.

"힘든 삶이었군요. 이젠 좀 안정되었다니, 다행이에요."

"……구원을 바라는 영혼이라면 구해주고 싶지만, 제가 버틸 수가 없어요."

"알 것 같아요."

안도한 표정 속에 보이는, 뭔가를 숨긴 깊은 눈동자에서 나는 동류만이 느낄 수 있는 냄새를 맡았습니다. '어쩌면 이 사람은 정말 나와 닮은 것일지도 모른다.' 그렇게 생각했습니다. 가슴속에서 초조함이 소리를 내기 시작했습니다.

내 예상은 맞았습니다.

"실은 나도 옛날부터 그런 종류의 일로 곤란했었죠."

역시나, 하는 말은 그냥 삼켰습니다.

"당신도요?"

"네. 제 경우는 실이 아니라 그림자였지만."

그는 나와 달리 유령이 보인다고 했습니다. 유령이라고 부르면 기분이 나빠져 '그림자'라고 부른다고 했습니다.

"원한을 품은 인간이 짙게 남아 있는 게 그림자가 되어 보이는 거예요. 그래서 난 밝은 곳에 있는 것보다 어두운 곳에 있는 게 더 좋아요. 어둠 속에선 그림자가 안 생기잖아요."

정말일까?

나는 의심했습니다.

나 이외의 특수한 능력을 가진 인간은 처음이라, 순간 질투했을 겁니다. 정말일까? 이 사람에게도 타인과는 다른 능력이 있는 걸까?

그 능력은 내가 가진 것보다 특별한 것일까—.

검은 실

그는 말했습니다. 평소보다 더 차가운 말투였습니다.

"그러니 슬슬 밖으로 내보내주는 편이 좋지 않을까요, 아버님을."

1 2

시간은 새벽 0시를 향해 가고 있었습니다.

그가 가진 능력이 진짜임을 증명하는 건 그 한마디로 충분했습니다. 얼렁뚱땅 넘어가 봐야 아무런 의미도 없다는 걸 알았습니다.

"아버지가, 원한을 품고 있는 걸까요?"

"좁은 것 같으니까요."

미소를 지으면서 그는 고개를 끄덕였습니다. 나는 경찰에 모두 털어놔야 하는 걸까요? 사체를 은닉한 공범으로써…….

"하지만, 누구에게도 말하지 않겠습니다."

그는 그렇게 말했습니다.

"대신, 앞으로 여기에는 오지 말아주시기 바랍니다."

그는 그렇게 말을 이었고, 나는 물어보았습니다.

"그것은…… 욕실에 사체를 숨겨 놓았기 때문인가요?"

내가 묻자, 그는 희미하게 미소 지었습니다.

방금 전부터 줄곧 손가락이 아팠던 것입니다.

실은 보려고 하면 또렷이 보입니다. 그러면 색깔이 있는
실은 내 손가락에 휘감겨, 강하게 끌어당기는 것이죠. 실
의 방향은 욕실이었습니다. 욕실은 한 번 사용한 적이 있
었습니다.

"만약 그녀에게서 실이 나온 것이라면 당신은 계속 큰
착각을 하고 있는 겁니다. 검은 실에 대해……."

"무슨 의미죠?"

"그러니까 그녀는, 구원을 바라는 영혼이 아니라는 겁니
다. 내가 그녀를 죽인 것이야말로 그녀에게는 구원이었으
니까요."

그는 그런, 의미를 알 수 없는 말을 했습니다. 뭔가 사정
이 있는 건지, 아니면 다른 사람과는 다른 가치관을 가지
고 있는 건지는 알 수 없습니다.

"아버지에 대해서는 누구에게도 말하지 말아주세요."

나는 일어섰습니다. 검은 실에 관여할 생각은 없습니다.

살아 있는 것이 더 소중합니다. 그것은 지금도 여전히 살아 있는 어머니이기도 하고, 나 자신이기도 합니다. 즉, 나를 위해 살 겁니다. 이 집을 나간 후, 뒤돌아보지 않고, 누구에게도 말하지 않고 회사를 그만두면 이곳을 찾을 기회는 두 번 다시 없을 테죠.

검은 실을 잘라내는 것은 쉽지 않았습니다. 손가락이 끊어질 뻔한 게 대체 몇 번째일까요? 이토록 완강하게 부르는데 구원을 원하지 않는다니 어찌된 일일까요? 약지는 훗날 끊어지고 말았습니다.

그와 헤어진 다음 날 아침, 주상복합 건물에 화재가 났습니다.

크리스마스 날 아침, 유괴된 여배우와 동반 자살했다는 남자의 뉴스가 지면을 떠들썩하게 뒤흔들었습니다. 집주인 남자는 휘발유를 뒤집어쓰고 분신자살을 했습니다. 큰 화재로 변해 건물도 다시 지어야 할 수밖에 없게 되었죠.

사실, 화재 직후 검은 실이 나를 다시 강하게 끌어당겼습니다. 실에서는 '그'의 기척이 진하게 느껴졌습니다. 자살했는데, 왜 구원이 필요할까요? 덕분에 가운뎃손가락이 끊어지고 말았습니다.

나의 큰 착각—, 검은 실은 구원받고 싶은 영혼들과 이어진 게 아니었나?

그렇다면 대체 무엇일까?

오컬트를 좋아하던 소년이 본 망상의 산물이라도 되는 건가?

사건이 발생하고 나서 몇 년이 지나 비로소 과거의 질문에 대한 답이 번뜩 떠올랐습니다. 어린 시절 만났던 수많은 현장들을 돌이켜봤을 때, 그때의 공통점이 딱 한 가지 있었던 것입니다. 그건 어른이 돼야지만 알 수 있는 중요한 사실이었죠.

사체를 발견한 장소는 어디나 할 것 없이 어린아이한테는 상당히 위험한 장소였습니다.

내가 부모였다면 자식에게는 절대 가까이 가지 못하도록 했을 법한 장소입니다. 천장이나 바닥이 꺼질 듯한 폐가, 물이 불어난 하천, 위험한 사람이 숨어 있는 폐허, 살인범이 사는 집.

나를 불렀던 것은 구원받고 싶었기 때문에?

구원받지 못한 영혼의 비명?

아뇨, 내가 나 자신을 특별하다고 믿고 싶어서 스스로 이유를 갖다 붙인 것에 불과합니다. 구원받고 싶다고는 누구도 말하지 않았습니다.

모두 나를, 길동무로 삼고 싶었던 것일까?

검은 실을 보게 됨으로써, 검은 실은 나를 더욱더 강하게 부르게 되었습니다. 더 이상 보고 싶지 않아. 발견하고 싶지 않다고.

길동무가 되고 싶지도 않아.

그런 생각으로 내 눈을 망가뜨리게 되었습니다. 후회는 하지 않습니다. 왜냐면 이제, 나는 아무것도 보지 않아도 되는 것입니다. 더 이상 손가락을 잃을 일도 없겠죠.

이젠 아무것도 보이지 않습니다. 부디, 두 번 다시 아무것도 보지 않기를.

하얀 우리

그 '집'에 대해서는 또렷이 기억하고 있습니다.

옛날에 살던 곳이었습니다. 20년도 더 전에…….

자주 떠오르는 건, 먼 기억이 그립고 애달파서일까요? 이젠 돌아갈 수 없어서일까요?

아니면……, 무섭기 때문일까요?

한 번쯤 '집'에 가보고 싶기는 합니다. 하지만 내 바람은 이루어지지 않을 겁니다. 어차피 '집'을 나와 꽤 오랜 시간이 지났습니다. 그 세월을 보내는 동안 '집'의 정확한 위치를 잊어버렸던 것입니다. 게다가 이젠 아마 옮겨 갔을 겁니다. 하지만 '집' 자체는 분위기도, 일상적인 모습도 분명 당시 그대로 변함없지 않을까요?

……나 자신을 납득시키기 위해 장소를 모른다는 등의 변명을 한 것일 뿐, 작정하고 조사해보려고만 하면 알 수 있을 겁니다. '집'은 아직 좁은 국토 어딘가에 덩그러니, 숨죽인 채 존재하고 있습니다. 그러니까 찾을 수 있을 거예요.

돌아가고 싶으면서도 돌아갈 수 없다.

그것은 역시, 무섭기 때문입니다.

내가 처음에 살던 그 무렵의 '집'은 N현의 산속에 있었습니다.

쇼와昭和, 서기 1926년부터 1989년까지의 일본 연호.—역자 주 시대에 산을 깎아 양잠으로 생계를 꾸리던 시골 마을이 있었는데, 그 마을 밖의 땅 일부를 시내에 살고 있던 사업가가 사들여 '집'을 지었습니다. '집'의 존재를 알게 된 것은 다섯 살이던가, 여섯 살쯤. 꽤 어렸을 때였습니다.

그런데 왜 기억이 이렇듯 선명한 걸까요?

1

나는 도쿄에서 태어났습니다.

그래서 태어난 후로 '집'으로 간 대여섯 살 무렵까지 나는 도쿄에서 살았던 것 같습니다. ……왜 남의 일처럼 애매하게 말하느냐 하면 사실 '집' 이전에 대해서는 별로 기억이 안 나기 때문입니다. 어렸다…… 는 이유만은 아닙니다.

나는 술집을 하는 어머니와 한 살 위의 형과 셋이서 소박하게 살았습니다. 하지만 아마도 행복한 생활이었다고는 말하기 어려울 겁니다.

아버지는 내가 태어나기 직전에 불륜 상대와 집을 나간

모양이었습니다. 언젠가부터 어머니의 애인이라는 남자가 집에 드나들기 시작했고, 갑자기, 어제까지 아무렇지 않게 지내던 형이 사라졌습니다.

티격태격하면서도 형제 사이는 좋았는데, 아침에 일어나 보니 형이 사라졌다니……. "형은 어디로 가버렸을까요?" 하고 어머니의 애인에게 묻자, "행복한 곳으로 갔겠지." 하고 대답해주었지만 사실 나는 버림받았던 것입니다.

형이 사라지고 나서 나는 혼자라 외로웠습니다. 형과 놀던 기억을 되짚어보다가 나는 형의 환상을 머릿속에서 만들어 냈고, 함께 놀게 되었습니다.

내가 혼자 노는 모습은 주위 사람들이 보기에 너무나 괴상했을 겁니다. 어머니가 "형이 어디 있어?" 하고 정정해줄 때마다, 고집스럽게 "있어, 여기 있는데 왜 엄마는 형이 없다는 나쁜 소릴 해?" 하고 대답했습니다. 물론 없다는 것을 알면서도……. 외로워서 형의 부재를 믿고 싶지 않았을 뿐입니다.

내가 어머니와 그 애인으로부터 홀로 쫓겨난 것은 형이 없어지고 3개월 정도가 지난, 뼈까지 얼어붙을 것 같은 한

겨울밤이었습니다. 밤길을 방황하다가 누군가에게, 어떤 경위로 도움을 받았는지는 기억나지 않습니다.

나중에 어머니와 애인이 체포되었다는 말을 들었습니다.

죄목은 살인과 사체 유기였습니다.

즉, 나의 형은 불행하게도 친어머니에게 살해당했습니다. 형은 검은 쓰레기봉투에 담겨져, 근처 쓰레기 매립장에서 발견되었다고 했습니다.

'행복한 곳으로 갔다.'고 생각했는데…….

보호받는 신세가 되어 나는 도쿄를 떠났습니다. 모르는 어른과 함께 여행을 떠났습니다. 겨울의 차가운 비가 내리는 새벽녘부터 기차를 갈아타며 겨우 도착한 시각은 밤늦은 시각……. 그렇게나 먼 시골 마을로.

겨울비는 오는 도중 눈으로 바뀌었습니다. 작은 역사에 도착하니 밤이었습니다.

역사를 나오자……, 광활한 바깥세상은 펑펑 쏟아지는 눈으로 뒤덮였고, 모든 것이 차갑게 잠들어 있었습니다. 숨을 쉴 때마다 목구멍이 아팠습니다. 폐까지 다 얼어붙을 것 같은 추운 고장에 도착하여 튼 손을 수없이 비벼댔습니다. 대지를 뒤덮은 은백색과, 머리 위의 하늘은 감색으로 물들어 있는 한밤중. 그렇게 내리던 눈은 어느덧 그치고, 대신 밤하늘의 별들이 쏟아지고 있었습니다. 기차가 굉음을 울리며 떠나가고 기적이 멀어지자, 귀가 얼얼할 정도의 정적에 감싸였습니다.

가만히 숨을 죽인 채 기가 막힌 설국을 눈앞에 둔 나는 넋이 나간 듯한 상태였습니다.

"여기에는 말이야, 네 새로운 '집'이 있단다."

나를 이 마을에 데려온 어른이 입을 열었습니다.

차가운 내 손을 더욱 차가운 손으로 잡고 그는 조용히 말했습니다. 그가 어떤 인물이었는지, 키와 체구도 표정도, 무엇 하나 구체적으로는 전혀 기억나지 않지만, 목소리는 매우 낮았고 설국 못지않게 조용했다…… 는 것만은 기억합니다.

"내 집?"

"너처럼 태어난 곳을 잘못 고른 아이의, 진짜 집이지."

그가 말하는 의미는 잘 이해할 수 없었지만 새로운 '집'에는 흥미가 있었습니다.

"진짜 집……."

"그래. 불행한 아이를 구원하는 곳이야."

그는 그렇게 말했습니다. 그렇다면 분명 그 '집'은 '행복한 곳'일 테죠. 불행한 아이를 구제하는 시설은 나를 구제 대상으로 보고 구원해줄 것이었습니다.

"어떤 곳인데? 행복한 곳?"

"물론이지. 너는 똑똑하구나. 잘 알고 있네. ……하지만 '집'으로 가기 전에 넌 한 가지, 약속해야만 해."

"약속이라고?"

"중요한 약속이야. 지킬 수 있지? 알겠니, 지키지 못하면 '집'에는 갈 수 없어. 여기서 약속을 지키겠다고 맹세하지 않으면 넌 어머니한테 다시 돌아가야 해."

어머니한테는 애인인 그가 있을 텐데. 어머니보다 훨씬 어리고 호리호리한 몸매에, 늘 담배 냄새가 나는 남자였습니다. 조금 먼 슈퍼마켓 주차장에서 나를 차에서 내리게 하고 재빨리 떠나버리는 게 취미였던, 나를 기쁘게 학대했던 그 남자가…….

나는 나도 모르게 그의 코트 자락을 움켜잡고 고개를 옆으로 흔들었습니다.

"돌아가고 싶지 않아. 약속할게. 꼭 지킬게."

돌아갈 수는 없었습니다.

"대단하구나. 역시 사내아이야. 맹세하지?"

"맹세해. 그런데 약속이 뭔데?"

"약속은…… 네 이름을 잊으라는 거야. 앞으로는 새 이름을 줄 거니까, 오늘부터 그게 네 이름이야. 예전 이름은 쓰지 마. 입 밖에 내서도 안 돼. 그게 약속이야."

"새 이름……."

약속을 지킬 수 있을 것 같았습니다. 좀 더 어려운 약속이었어도 받아들였을 테지만, 생각했던 것보다 쉬울 것 같았죠. 나는 크게 고개를 끄덕였습니다.

"알았어. 꼭 지킬게."

"정말이지? 만약 누가 물어봐도 말하면 안 되고, 네가 먼저 물어봐도 안 돼."

"응, 알았어!"

"사나이 대 사나이의 약속이다."

"응!"

나는 힘차게 몇 번이고 몇 번이고 고개를 끄덕였고, 동행인은 기쁜 듯 내 머리를 커다란 손바닥으로 힘껏 쓰다듬어 주었습니다. 그런 식으로 누가 머리를 쓰다듬는 것은 처음이어서 놀라기는 했지만 나쁘지 않은 느낌이었습니다.

뭐랄까, 처음 접한 부성父性 같은 것이었기 때문일까요.

하지만 만에 하나 약속을 어기면, 나는 다시 불행한 장소에서 불행한 아이로 살게 됩니다. 아니, 살 수 있다면 그나마 다행이죠. 경우에 따라서는 형처럼 죽을 가능성도 충분히 있었으니까요.

'꼭 약속 지킬게.'

분명 그런 약속과 결심을 했기 때문에, 그리고 나서 나는 '소중한 이름'을 기억 저 밑바닥에 가라앉혀 버린 거죠.

그리고 오랜 시간이 흐른 후 떠오른 것은— 내가 그 '집'에서 저지른 죄에 대한, 벌이었을 겁니다.

2

'집'은 더욱 산 쪽에 있었습니다.

가장 가까운 역의 역사 앞 로터리에서 버스가 출발했습니다. 무뚝뚝한 운전기사가 운전하는 버스를 타고 흔들린 지 한 시간 정도. 산속을 구불구불 지나는 동안 그쳤던 눈이 다시 소복소복 내리기 시작했습니다. 난방을 최대한 가동했는데도 전혀 난방이 되지 않아 차 안에 있었음에도 불구하고 입김이 하얗게 나왔습니다. 강력한 수마가 덮쳐와 꾸벅거릴 때마다 옆에 앉은 동행이 깨웠습니다.

"잠들지 마. 죽어."

"죽어?"

"그래. 네 형처럼······."

문득 동행이 생각났다는 듯 물어왔습니다.

"그러고 보니 넌······, 형이 죽고 나서도 형과 함께 놀았다며? 네 눈에 형은 어떻게 보였니?"

기분 좋게 꾸벅꾸벅 졸고 있을 때 물어와, 나는 졸린 눈을 비비면서 대답했습니다.

"그거, 다 거짓말이야."

"거짓말?"

"형은 없었어. 나만 두고 가버려서 슬펐거든. 그래서 형이 있는 척했을 뿐이야. 사실은 없었어."

나는 솔직히 고백했습니다. 진실을 고백하는 것은 힘들었지만 나는 형이 불행하게 죽었다는 사실을 인식하고 있었고, 그래서 더 이상 거짓말을 계속할 수는 없었습니다.

동행인은 아무런 반응이 없었습니다. 그는 입을 꾹 다물고만 있었습니다.

"미안해."

나도 모르게 그렇게 사과했습니다. 역시 거짓말을 하는 건 좋지 않은 일이었습니다.

"아니……. 아아, 그래."

동행인은 담담히 고개를 끄덕였습니다.

마침 정류장에 도착한 듯 버스가 정차했습니다. 동행인은 "가자." 하고 말하며 내 손을 잡고 함께 버스에서 내렸습니다. 졸음으로 몸에 힘이 안 들어가는 상태에서 강한 힘에 끌려갔기 때문에 몇 번이나 넘어질 뻔했습니다.

'집'은 정거장 바로 옆에 있었습니다. 정거장에서 걸어가자 하얗고 높은 담벼락으로 둘러싸인 장소에 도착했고, 그 담벼락을 빙 돌아 들어가자 거기에 '집'의 입구인 문이 보였습니다.

'집'의 외관은 훌륭했습니다. 하얀 외벽을 한 약간 아름다운 건물이었습니다. 사람이 사는 주택으로서의 '집'이 아닌, 소규모 초등학교 같은 느낌이었습니다. 문을 열고 들어가자 모임지붕지붕의 한 형식. 사각형 평면의 지붕 중앙에 수평인 큰 용마루가 놓이고, 그로부터 사방으로 경사변이 흐르고 있는 지붕.—역자 주의 하얗게 회반죽한, 앞에서 뒤쪽까지의 길이가 길어 보이는 건물이 있었고, 그 안쪽에는 첨탑이 보였습니다. 부지가 넓었기 때문에 좀 더 안쪽에 다른 건물이 더 있을지 몰랐습니다.

접수처에서 동행인이 마중 나온 여자에게 말했습니다.

"아무것도 안 보인다던데요."

아마도 그는 내가 한 거짓말을 누군가에게 보고한 것이겠죠. 동행인과는 거기에서 헤어졌으므로 확인할 수 없었지만 틀림없습니다. 그 증거로, 나는 '집'에 와서 한동안 어른들의 면담과 테스트를 받아야 했습니다. 형에 대해서도 몇 번이나 질문을 받았습니다.

덕분에 거짓말 한 것을 수없이 사과해야 하는 처지가 되었습니다. 어른들이 '보이지 않는다' 것에 대해 조용히 화를 내는 것처럼 느껴졌기 때문입니다. 누구에게도 폭력적인 대우를 받지 않았음에도……. 질문을 받을 때마다 품게된 그것을, 소외감이라고 해야 할까요.

하지만 결론부터 말하자면, '집'은 나를 받아들였습니다.

앞에서부터 뒤까지가 깊은 초등학교 같은 건물에는 몇 명의 '선생님'과 내 또래의 아이들 스무 명이 있었습니다. 언어의 차이를 느끼는 경우도 자주 있어서, '선생님도 아이들도 전국 각지에서 모였구나' 하고 생각했습니다.

처음 한 약속대로…… 나는 '진짜 이름'을 버렸습니다.

'집'에서는 아이들을 번호로 관리했습니다. 내게 주어진 번호는 '삼 번'이었습니다. 숫자가 내 이름이었죠. 그래서 '집'에 있는 동안 삼 번으로 불리게 되었습니다.

스무 명의 아이들에게는 저마다 번호가 부여되어 있었습니다. 스무 개 있던 명찰 번호표 가운데, 사용하지 않던 '삼 번'이 내게 새로 배정되었습니다. 즉, 내가 들어오기 전에 삼 번이 비어 있었던 것이겠죠.

명찰 번호표는 사각형에 딱딱한 플라스틱 케이스로, 한 자로 크게 '三'이라고 손 글씨가 적힌 구식 명찰이었습니다. 이게 내 이름이라니……. 한동안은 위화감을 느꼈지만, 그렇게 불리는 동안 익숙해졌습니다. 어차피 예전 이름은 쓸 수도 없었고, 다른 아이들도 번호로 불렸기 때문에 익숙해지지 않을 수가 없었습니다.

'예전 이름은 쓰지 마. 입 밖에 내서도 안 돼. 만약 누가 물어봐도 말하면 안 되고, 네가 먼저 물어봐도 안 돼.'

약속은 어기지 않을 거예요. 반드시 지킬 겁니다. 돌아가고 싶지 않으니까.

나를 포함한 아이들은 전국 각지에서 이 '집'에 어떤 사정이 있어 모였고, 공동생활을 하게 되었지만 그다지 친하게 지내지는 않았습니다. 오히려 일정한 거리를 두고 서로 간섭하지 않으려고 신경 쓰고 있었습니다.

보호자에게 버림받았다는 공통분모가 있는 우리는 인간을 믿을 수 없게 되었을 겁니다.

'팔 번'은 한 살 위의 소년이었습니다. 나와 달리 골목대장 같은 분위기의 활달한 남자아이였죠. 숫기가 없는 데다가 굼뜬 나는 무슨 일이든 거침없이 처리하는 팔 번이 껄끄러웠습니다. 그가 뭔가를 잘 처리할수록 내 서툰 행동을 질책하는 것 같았기 때문입니다.

그는 내게 자주 이렇게 말했습니다.

"넌 지질해."

한 살밖에 나이 차이가 나지 않았는데도, 팔 번은 상당히 키가 커서 늘 나를 내려다봤습니다. 아마도 나는 그에게 찍힌 듯, 무슨 일만 있으면 팔 번은 내게 기분 나쁜 말을 해댔습니다. 하지만 반박할 수는 없었습니다. 팔 번이 폭력을 휘둘렀다면 선생님에게 말했을 테지만, 그럴 수도 없었습니다. 팔 번은 표면적으로 나를 보살펴주는 것처럼 보였고, 선생님의 기억에도 좋게 각인되어 있었으니까요.

나는 낙오자였습니다.

그가 말한 대로 지질한 데다가 매사에 꾸물거렸습니다. 나 스스로도 내가 둔하다는 자각은 있었지만 어떻게 고치면 좋을지 알 수 없었고, 아무리 지적을 받아도 당황하면 오히려 더 실수하고 말았습니다.

비슷한 또래의 아이들이 모인 가운데 내 지질함은 발군이었을 겁니다. 그리고 아이들 중에서도 탁월했던 팔 번은 아마 선생님으로부터 나를 보살펴주라는 말을 들었을 것입니다. 썩 내키지 않으면서도 도와주는 일이 늘었습니다.

"형이라고 생각하고 의지해."

하고 선생님은 말했습니다. 팔 번은 떨떠름하게 뚱한 표정을 지었고, 나는 그런 팔 번을 번거롭게 하는 것이 미안

해서 잔뜩 움츠러들고 말았습니다. 게다가 친형과 팔 번은
전혀 달랐습니다.

'형은 나한테 아무 짓도 안 했는데.'

친형도 나와 비슷한 성격이었기 때문에, 형제가 각자 있
고 싶은 대로 있어도 편하게 지낼 수 있었습니다. 싸우기
도 했지만 금방 다시 화해했습니다. 역시 혈육의 정은 무
시할 수 없는 것일 테죠.

내가 팔 번을 잘 따르지 않는 것을 보고,

"기왕이면 '형'이라고 부르렴."

하고 선생님이 강요했습니다.

내 담당으로 임명된 팔 번도 내심 성가셨으리라 생각합
니다. 나는 기본 능력치가 낮았고, 어른에게 제대로 된 훈
육도 받지 못했는데 한 살밖에 차이 나지 않는 그에게는
짐이 너무 무거웠을 겁니다.

나는 아무래도 팔 번을 형이라고 부를 수 없을 것 같았
습니다. 하지만 부르지 않으면……. 선생님 눈이 도끼눈이
될 것 같아 마음에 걸렸습니다.

"팔 번에게도 동생이 있었어."

선생님이 나중에 살짝 내게 귓속말을 했습니다. 나는 놀

라서 선생님의 얼굴을 쳐다보았습니다. 지금, 선생님은 과거형으로 말했습니다. 나는 그 사실을 눈치챘던 것입니다.

즉, 팔 번은 나와 같은 처지일 겁니다. 상상이 됐습니다. 스무 명 아이들 가운데는 척 보기에도 다쳤다는 걸 알 수 있는 아이도 있었지만, 팔 번은 눈에 띄는 상처는 없었습니다. 하지만 마음의 상처는 누구도 알지 못하는 것이겠죠.

형을 잃은 나와 동생을 잃은 팔 번.

선생님의 말에 팔 번에게 친근감을 느낀 나는 팔 번에게 편안히 말을 걸었습니다.

"형."

일단 그렇게 불러보는 것부터 시작하면 될 겁니다. 하지만 팔 번은 나를 흘낏 쳐다보고, 선생님의 시선이 닿지 않는 곳에서 말했습니다.

"삼 번에게 형 대접받고 싶지 않아."

결여되어 있는 부분은 누구도 대체할 수 없다는 말을 절실히 깨달았습니다. 팔 번의 눈동자는 내 너머로 동생의 모습을 보고 싶지 않다고 말하는 듯했습니다. 형을 대신한다느니, 동생을 대신한다느니 강요받고 싶지 않은 건 나

도 마찬가지였습니다. 다른 사람이 생각하는 것만큼 간단
한 일은 아니었던 겁니다.

'집'은 시간의 흐름으로부터 벗어나 있었습니다.

스무 명의 아이들이 학교에도 가지 않고 몰래 살고 있는
모습은 주변 어른들이 보기에도 이상했을 겁니다. 담벼락
으로 둘러싸인 하얗고 좁은, 폐쇄적인 세계. '집'에서의 생
활은 담담하게 지나갔습니다.

그러는 동안 나는 깨달았습니다.

'집'의, 불편함에 대해.

누구에게도 학대받지 않고, 생활이나 생명도 위협받지
않았는데 소중한 뭔가를 방치해둔 채 시간이 흘러가고 있
다는 느낌을 지울 수가 없었습니다. 마음을 치유하기 위해
서라고는 하지만, 현실의 시간은 가차 없이 흘러갔습니다.
늘 노출되어 있던 적의와 악의로부터 보호받고는 있었지
만…….

그리고 누구에게도 간섭받지 않는 대신, 여기에서는 누
구나 다 내게 무관심했습니다. 새로운 '집'은 진짜 집 같은
게 아니었던 겁니다. 그럼 나는 어디에 있으면 될까?

원래 있던 곳에서 쫓겨나고, 새로운 곳에도 적응하지 못한 나는 어디로 가면 마음 편하게 지낼 수 있을까요?

나의 네버랜드는 어디에 있을까요?

그럴 때, 그 소녀가 나타났습니다.

3

나는 밤중에 눈을 떴습니다.

온몸이 땀투성이가 되어 있었습니다. 무서운 꿈을 꾸었습니다.

커다란 무기를 들고 나를 방에서 끌어내려는 괴물로부터 도망치려다가 겨우 좁고 어두운 구멍 속으로 들어갔습니다. 여기라면 괴물은 못 들어올 거야. 여기라면 괜찮아……

그런데 계속 어두운 곳에 있자니, 이윽고 밖에서 즐거운 듯한 웃음소리가 들려왔습니다. 경쾌한 음악이 울리고, 맛있는 냄새도 풍겨왔습니다. 천상의 바위 동굴 문을 연

아마테라스일본 황실의 조상으로 여기는 해의 여신. 화가 난 아마테라스가 동굴 속으로 숨어버리자 세상이 온통 캄캄해졌다는 일본 신화가 있다.—역자 주처럼, 나는 무심코 얼굴을 내밀고 말았습니다. 조심히 바깥 상황을 살피던 그 순간, 내 팔은 누군가에게 잡히고—.

"드디어 나왔다."

가늘어 금방이라도 부러질 듯한 내 팔을 잡은 괴물의 손을 뿌리칠 수가 없었습니다. 뼈가 부러질 듯한 힘. 인간의 형태를 한 괴물은 반대편 손에 검은 봉지를 들고, 거기에서 꺼낸 고기를 먹고 있었습니다. 그것은 형이었습니다. 차가운 고깃덩어리로 변한 형이,

"살려줘."

하고 작은 목소리로 말하는 게 들렸습니다.

괴물의 악력에 의해 내 뼈가 부러지는 소리.

괴물의 입안에서 형의 뼈가 씹히는 소리.

눈을 뜬 순간, 비명을 질렀습니다. 목이 쉬도록 울부짖었습니다. 다른 잠든 아이들도 있었는데 이 얼마나 민폐였을까요. 하지만 갓 들어온 아이에게는 흔히 있는 일인 듯, 아무도 불평하지 않았습니다.

캄캄한 큰 방의 불이 켜졌습니다. 누군가가 선생님을 불

렸습니다.

나는 여기가 '현실'인 걸 알았지만 한번 터진 봇물은 멈추지 않았습니다. 절규가 터져 나왔습니다. 눈물과 오열에 목이 쉬어 찌르르 아팠습니다. 곧바로 선생님이 왔고, 다른 방으로 옮겨져 마음이 가라앉을 때까지 거기에서 울었습니다.

"나는 삼 번입니다! 나는 삼 번입니다! 도와주세요!"

머리가 새하얘져 아무것도 알 수 없게 됐는데도 나는 내게 주어진 '삼 번'이라는 이름을 지키는 동안은 이쪽 현실에 있을 수 있다고 생각하여, 번호를 거듭 되뇌었습니다.

나의 밤 울음은 '집'에 온 초반보다 날이 가면서 더욱 심해졌습니다. 그래서 한때, 큰 방이 아닌 별실에서 자게 되었습니다. 사실은 잠들 때는 다른 많은 아이들과 같이 있는 게 좋았지만, 새벽 1시나 2시쯤 내가 내는 큰 소리에 깨는 다른 아이들의 수면 시간을 생각하지 않을 수 없었습니다.

'무서운 꿈을 꾸지 않으면 좋을 텐데.'

자는 게 두려울 정도였지만 극단적으로 체력이 부족한

나는 금방 잠들었습니다. 모두가 잠든 큰 방을 생각하면서, 큰 방에서 떨어진 일본식 작은 방의 이불 속으로 들어갔습니다.

작은 방으로 옮기고부터는 잠 못 이루는 날들이 계속되었습니다.

새벽이 돼서도 눈은 말똥말똥했습니다.

처음에는 이리저리 뒤척이기도 하고, 창밖을 내다보기도 했습니다. 쇠창살 너머의 달빛. 이 방은 쇠창살이 있었습니다. 그래서 괴물은 들어오지 못합니다. 나를 지켜주고 있습니다.

불을 켤 수 없어 책을 읽을 수 없는 게 안타까웠습니다. 그러다가 복도로 나갔을 때, 선생님 방이 멀리 있다는 걸 깨달았습니다. 이 건물에는 사용하지 않는 방이 많았는데, 창고로 쓰던 한 방을 급히 비워 내 방으로 사용했기 때문에 선생님 방과는 거리가 있었던 것입니다.

복도 한참 저편의 당직실. 불 켜진 게 보였습니다. 야근하는 선생님이 계셔서 잠들지 않고 있는 것일 테죠.

'자는 게 무서워.'

잠옷은 식은땀으로 몸에 찰싹 달라붙어 있었습니다.

일본식 방에서 나와 복도에 아무도 없는 것을 확인하고, 나는 소리 내지 않도록 조심하며 복도를 따라 걸었습니다. 안쪽 깊은 곳으로.

안으로 깊은 건물에는, 입구에서 안쪽까지 긴 복도가 하나 똑바로 뻗어 있었습니다. 복도 한쪽은 방, 다른 한쪽은 정원과 맞닿아 있는 창이었습니다.

창으로는 달빛이 비쳐 걷는 데 불편하지는 않았습니다. 건물의 입구, 접수처, 응접실과 사무실, 일과를 보내는 방, 침실, 선생님 대기실, 운동 방, 몇 개의 사용하지 않는 방을 끼고 멀리 떨어져 있는 내 방. 다시 몇 개의 취사장과 목욕탕, 막다른 곳에 있는 화장실. 건물은 이게 다였습니다.

정확히 말하자면, 아이들이 들어가도 되는 곳은 막다른 곳에 있는 화장실까지이고, 실제로는 건물은 더 이어집니다. 막다른 곳의 형태는 사실 L자 모양이었습니다. 화장실은 모퉁이에 있었는데, 꺾어 들어가면 '직원 외 출입금지'라는 팻말, 벽과 벽을 연결하여 앞을 가로막는 금속의 가느다란 쇠사슬, 중저음을 내는 보일러실, 창고, 청소창淸掃窓. 실내의 쓰레기를 쓸어 내기 위하여 바닥과 같은 높이로 만든 작은 창문.—역자 주이 있었고, 다시 계단…….

언젠가 보았던 첨탑은 어디에 있을까?

처음엔 그냥 화장실만 가려고 했는데, 누구에게도 들키지 않은 김에 나는 몸을 숙여 쇠사슬 아래로 빠져나갔습니다. 최대한 아무것도 건드리지 않으려고 조심했습니다. 소리가 나면 선생님이 눈치챌지도 몰랐습니다.

쇠사슬 저편은 창문으로 들어오는 달빛도 변변치 않아 갑자기 어두워진 것 같았습니다. 하지만 어둠은 싫지 않았습니다. 내가 싫어하는 것은 밖에서 들리는 즐거운 웃음소리입니다. 어둠은 오히려 나를 지켜줍니다.

조심조심 복도를 걸어갔습니다.

계단을 올라가면 탑으로 연결되는지 확인해보려고 했습니다. 나는 청소창 앞을 지났습니다. 그러자 달빛 아래에 중간 정원이 넓게 자리 잡고 있는 게 보였습니다. 안으로 깊은 건물 더 안쪽에는 잔디가 깔린 평평한 중간 정원. 그리고 그 맞은편에 시커먼 숲이 솨아아 소리를 내고 있었고, 그쪽에도 뭔가 건물이 있는 것 같았습니다.

문득 불안해졌습니다.

중간 정원 한쪽 구석에서 걸어오는 '뭔가'를 본 것 같았습니다.

나는 눈을 부릅떴습니다만…… 그건, 봐서는 안 되는 것이었습니다.

하얀 뭔가…… 조금씩 다가오는 그것은, 대체 무엇일까요? 괴물만 한 크기도 아닌 작은 몸집의 하얀……, 인간……?

그 자리에 못 박힌 듯 움직일 수 없었습니다. 다리는 어느새 한 발자국도 나아가지 못하고 있었습니다. 덜덜 떨리는 무릎. 간신히 서 있었습니다. 아니, 하얀 인간이 청소창 너머에 선 순간, 나는 기겁을 하고 주저앉아버렸습니다. 땀으로 온몸이 젖었지만 그 하얀색에서 눈을 뗄 수가 없었습니다.

서 있었던 것은 소녀……, 여자아이였습니다.

긴 검은 머리를 묶지도 않고, 하얀 원피스 차림에, 무릎까지 오는 치마 밖으로 나온 다리는 맨발. 달빛을 등지고 이쪽을 내려다보고 있었습니다.

심장이 쿵쾅쿵쾅 마구 뛰었습니다.

의식을 잃어버릴 것 같았습니다. 비명조차 지를 수 없었습니다. 겨우 현실로 돌아올 수 있었던 건 소녀가 입을 열었기 때문입니다.

소녀는 손가락으로 나를 가리키며,

"너, 몇 번?"

하고 물었습니다. 작은 목소리와 창을 사이에 두고 있었기 때문인지, 소녀의 목소리는 몹시 낮은 것 같았습니다. 마치 땅의 저 밑바닥에서 들려오는 것처럼 느껴졌습니다.

소녀의 질문을 이해하는 데는 시간이 걸렸습니다. 이는 하염없이 덜덜 떨렸습니다. 잠시 후 나는 간신히,

"사, 삼 번."

하고 대답했습니다.

그러는 도중, 소녀가 '집'의 관계자인가 보다 생각하기에 이르렀습니다. 번호는 내 이름이었고, 이름은 여기에서의 모든 것입니다. 그때 이미 나는 삼 번이라는 이름의 소년이 되어 있었습니다.

하지만 소녀의 얼굴을 본 기억은 없었습니다. '집'의 동료는 스무 명밖에 안 됩니다. 모두의 얼굴은 기억하고 있었습니다. 하지만 소녀에 대한 것은 기억에 없습니다.

게다가 몇 시인지는 모르지만 지금은 한밤중. 모두 자고 있습니다. 당연히 큰 방에서 자고 있을 테니, 중간 정원을

어슬렁거리고 있을 리 없습니다. 나는 방금 전까지 중간 정원의 존재도 몰랐습니다. 이런 곳이 있었다니……. 널찍한 공간을 보는 것은 오랜만이었습니다. 매일 하는 운동도 건물 안에서 하기 때문에, 보육원처럼 운동장에는 나가지 않습니다. '바깥 세계'는 오랜만이었던 것입니다.

이것은 내 망상일까요? 형의 유령을 보지 못하는데도 함께 놀았다고 거짓말을 해서 어른들로부터 빈축을 샀습니다. 그 후로 뭔가 특별한 게 보였으면 하고 바라게 되었고, 그랬기 때문에 유령을 볼 수 있게 된 것일까요?

투명하고 새하얀 피부는 병자 같기도, 눈 같기도 했습니다. 언젠가 역사에서 바라보던 은백의 밤을 연상시키는 아름다운 소녀였습니다.

"삼 번……."

소녀는 내 이름을 불렀습니다. 간지러운 울림이었습니다.

"그럼, 아니네."

짐짓 안타까워했습니다.

"뭐가?"

"다음은 십이 번이니까."

소녀는 그렇게 대답했습니다.

나로서는 의미를 알 수 없었습니다. '그럼 아니다'라는 말은 무슨 뜻일까? 다음이 십이 번이라는 건 어떤 의미일까?

"넌 몇 번인데?"

"번호는 없어."

"앗, 그럼 이름이 없어?"

"번호는 이름이 아니야. 번호는 숫자야. 삼 번, 자신의 이름을, 잊어버린 거야?"

완전히 삼 번이라는 이름에 익숙해진 나는 처음 내게 주어진 이름을 떠올렸습니다. 쓰지 않았기 때문에 잊어버릴 뻔했습니다.

하지만 말해서는 안 된다고 했습니다.

말하려다가 입을 막았습니다. 소녀가 웃었습니다.

"그래도, 잊어버리면 안 돼."

수상쩍은 표정을 짓는 나를 곁눈질하고는, 소녀는 득의 양양하게 "바이바이." 하며 가버렸습니다. 정말 어떻게 된 일인지 알 수 없었습니다. 소녀는 대체 무슨 말이 하고 싶었던 걸까요.

쥐 죽은 듯이 고요한 복도에 혼자 주저앉아 중간 정원

을 바라보는 동안 정신이 번쩍 들었습니다. 잠깐 꿈을 꾼 거라고 생각했습니다.

이건 꿈일 겁니다, 틀림없이.

나는 신비한 소녀의 꿈을 꾸었습니다.

그렇게 생각하며 방으로 돌아갔습니다. 내 방이 아닌, 큰 방 쪽으로 갔습니다. 역시나 혼자 잠들기가 무서웠던 것입니다. 지금부터 자면 무서운 꿈은 안 꾸지 않을까……, 하는 기분이 들었습니다.

이부자리가 줄지어 깔려 있는 큰 방은 가느다란 숨소리와 이 가는 소리, 뒤척거리거나 옷 스치는 소리가 나는 안녕한 장소였습니다. 나는 방 한쪽에 밀어놓은 예비용 이부자리를 펴고 그 속으로 들어갔습니다.

나를 포함해 정확히 스무 명이었습니다. 빠진 사람은 없었습니다.

'어디에서 왔을까……, 그 건물인가? 거기에도 사람이 있었구나…….'

소녀에 대해 이불 속에서 나는 생각했습니다. 숲속에 서 있는 건물이 있었습니다. 거기에도 누군가가 살고 있을까. 우연히, 중간 정원에 나와 있었던 걸까. 한밤중에 산책이라도 하고 있었던 걸까. 가볍게 돌아다닐 수 있는 걸까. 나도 머지않아 그럴 것 같으니, 비슷한 동지일지도 모릅니다.

명찰 번호표는 베갯맡에 놓았습니다. '삼 번'. 이 건물……, 차갑고 평온한 여기에 있는 동안, 나는 삼 번이 아닌 누구도 될 수 없습니다. 하지만…… 소녀는 잊어서는 안 된다고 했습니다. 진짜 이름을요. 주어진 번호는 단순한 숫자일 뿐이라며.

그 소녀가 말했던 의미를 나는 다음 날 알게 되었습니다. 아침에 일어나니, '십이 번'이 사라졌던 것입니다.

4

'다음은, 십이 번.'

그 소녀는 틀림없이 그렇게 말했습니다.

그리고 소녀가 말한 대로 십이 번은 사라졌습니다. 먼 남쪽 나라에서 온, 팔다리가 긴 소녀였습니다. 부자연스러울 정도로 밝고 쾌활했으며, 젊은 남자 선생님을 좋아하여 늘 붙어다니던 기억이 있습니다.

그 십이 번이 갑자기 사라진 것입니다.

그리고 또 하나 나를 혼란스럽게 만든 게 있었습니다. 그것은 십이 번의 모습을 누구 하나 찾지 않은 채, 마치 처음부터 없었던 것처럼 모두 평소와 다름없이 지내고 있었던 점입니다. 그 이유는 금방 알게 되었습니다. 팔 번이 가르쳐주었습니다. 누구에게도 물어볼 수 없어서 어쩔 줄 몰라 하고 있었는데, 슬쩍 귀띔해주었습니다.

아마 팔 번 자신도 나처럼 곤혹스러웠던 적이 있었을 겁니다.

"십이 번은, 그냥 나갔어."

"나갔다고?"

"응."

"왜?"

"왜냐니……, 정확히 어떤 이유로 나갔는지는 모르겠지만…… 부모님이 마음을 고쳐먹고 데리러 왔거나, 다른 인수자가 나타난 거겠지."

나는 할 말을 잃었습니다. '집'에서 산 지 몇 개월밖에 지나지 않았지만 이미 어머니 얼굴이 생각나지 않았습니다.

아버지의 얼굴은 원래 모릅니다. 어머니의 애인 얼굴은 꿈 속에서 내 팔을 붙잡고, 형을 와구와구 먹던 괴물과 같은 얼굴을 하고 있었습니다.

"이런 식으로 갑자기 사라져. 그게 규칙이니까⋯⋯. 그래서 다들 일일이 수선을 떨지 않는 것뿐이야. 사라지는 날 보다 훨씬 전에 결정되지만 굳이 말하지는 않지."

나는 비로소 납득할 수 있었습니다.

소녀는 아마 어떤 이유로 십이 번이 사라질 것을 미리 알고 있었던 것입니다. 나를 놀라게 하려고 마치 예언이라도 하듯 말했던 것일 테죠.

나는 집을 나간 '십이 번'에 대해 생각했습니다.

십이 번은 진짜 이름으로 돌아갔을까?

그 소녀가 말하고 싶었던 것은 언젠가 원래 이름으로 돌아갈 날이 오니까 잊으면 안 된다는 의미였을까?

십이 번은 나가서 행복해질까?

떠올려보려고 했는데⋯⋯ 이제 얼굴이 떠오르지 않았습니다. 어떤 아이였을 테지만⋯⋯ 잘 떠오르지가 않았던 겁니다. 어떤 얼굴을 하고 있었는지⋯⋯.

"두 번 다시 만나지 못할 텐데⋯⋯."

"꼭 그렇지만도 않을걸."

"어?"

"나가기도 하고 들어오기도 하는 사람을 봤어. 같은 사람인데, 예전에는 이 번으로 나갔다가, 돌아와서는 십 번으로 또 나가고, 돌아와서는 십이 번, 그런 사람."

줄지어 대는 숫자에 나는 어지러웠습니다. 팔 번은 몇 년째 여기서 살다 보니 빈번하게 출입하는 사람들도 잘 기억하고 있는 듯했습니다.

생각해보니 팔 번과 이렇게 오래 대화하는 건 처음이었습니다.

"팔 번⋯⋯, 아니, 형은 나간 적 있어?"

그리고 나도 역시, 언젠가 '집'에서 나가는 날이 올까?

나간다면, 다음은 어디로 가는 걸까? 원래 생활로 돌아가는 거라면 지금 이대로가 좋다고 생각했습니다. 여기에 있으면 외로운 기분은 들겠지만, 원래 생활로 돌아가면 죽어버릴지도 모릅니다. 그렇다면 외롭기만 한 쪽이 훨씬 낫습니다. 인간은 외로움 때문에 죽지는 않으니까요.

"만약 엄마가 부르러 오면⋯⋯ 가겠지만⋯⋯."

"엄마가?"

"거의 만난 적이 없어서 잘 모르겠어. 언젠가 데리러 오고 싶다는 편지만 왔을 뿐이라……."

평소에는 또랑또랑한 팔 번의 복잡한 표정이 신선해 보였습니다. 기쁜 건지, 아니면 불안한 건지— 자신도 어느 쪽인지 모르겠다고 했습니다.

잠시 둘이 얘기를 주고받은 것에 따르면, 장남이었던 팔 번이 태어나고 곧바로 할머니, 할아버지와 아버지가 팔 번의 어머니를 쫓아낸 모양이었습니다. 그래서 어머니와 만날 수 없게 됐다던가……. 하지만 아버지가 후처를 들여 팔 번은 찬밥 신세가 됐던 것입니다. 팔 번과 동생은 어머니가 다른 듯했습니다.

"그러니 삼 번은 나를 형이라고 부르지 않아도 돼. 나, 동생 없어."

찬밥 신세였던 팔 번과 대접받고 자란 동생. 형제라고는 생각해본 적이 없다고 했습니다. 누구도 형제 취급을 안 했던 모양이었습니다.

팔 번이 가족이라고 생각한 사람은 어딘가에 있을 어머니 한 사람뿐이었습니다. 얼굴조차 기억나지 않는 어머니. 어떤 사람인지 모른다는 불안을 느끼면서도, 희미하게나

마 희망을 품고 있었겠죠.

그 얘기를 들은 나는 희망이라는 존재가 부러워 견딜 수가 없었습니다.

하지만 그 이상으로 나는 팔 번에 대해 친근감을 느꼈습니다. 팔 번이 퉁명스럽게 대한 것은 그렇게 하지 않을 수 없었기 때문일 겁니다. 옷을 빨리 갈아입는 것도, 음식을 빨리 먹는 것도, 선생님에게 불평 한 마디 하지 않고 나를 맡은 것도, 공부를 잘하는 것도, 무엇이든 혼자 할 수 있었던 이유는 무엇이든 혼자 처리해왔기 때문이었습니다.

"빨리 엄마를 만나면 좋겠다."

진심으로 그렇게 말했습니다. 나는 내 행복에만 정신이 팔려 있어, 누군가의 행복을 바란 것은 처음이었습니다. 그러자 팔 번은 생각지도 못했다는 듯이 부끄러워하며 뒤통수를 긁적였습니다.

"하지만, 태어난 후로 계속 만나지 못했으니까 내 얼굴도 모를 거야."

"그래도 괜찮을 거야."

희망은, 솔직히 부럽기 그지없는 것입니다. 희망을 갖는 건 내게는 허용되지 않았습니다. 내게 있어 부모라는 존재는 절망의 상징이었으므로.

5

소녀와는 다시 만났습니다. 십이 번이 사라진 지 일주일 후의 일입니다. 작은 방에서 잠들지 못하는 밤을 보내던 나는 매일 밤, 건물 안을 탐색하러 다녔습니다. 선생님이 눈을 빛내고 있는 낮에는 자유롭게 돌아다닐 수 없습니다. 눈가림으로 이불을 부풀리고 나는 방을 나갔습니다. 나는 '울면서 깨어난다'고 인식되고 있었기 때문에, 이불 속에서 몸을 웅크리고 있는 동안은 그곳에 있을 것이라고 여기게 만들 수 있었던 것입니다.

화장실 가는 척하며 첨탑을 찾기 위해 청소창을 지나가면……, 소녀. 서 있었습니다. 그만, 심장이 멎는 줄 알았습니다.

"삼 번."

어린 소녀의 것치고는 역시나 낮은 목소리였습니다. 소녀는 일부러 짓궂게 하여, 나를 무섭게 만들려는 게 틀림없었습니다. 긴 머리칼, 하얀 원피스, 중간 정원을 걸어온 맨발. 모든 것이 지난번 만났을 때와 같았습니다.

"번호가 없으면 널 뭐라고 부르면 되지?"

"이름으로 부르면 돼."

"여기에서 나는 다른 사람에게 이름을 물어보면 안 돼서……"

동행인과의 약속을 지켜야만 합니다.

"어―, 뭐야, 그게."

"약속했어. 다른 사람에게 묻지도 말고, 물어와도 대답하지 않겠다고."

"너무하네."

"그런가?"

"그래. 하긴, 여기 어른들은 하나같이 다 너무하지. 나도 이렇게나 빈자리를 기다리고 있는데, 자리가 비면 이리로 오게 해줄 수 있다고 했는데, 십이 번도 먼저 결정되어 버렸고, 최악이야."

얘기를 하다 보니 소녀는 수다스러웠습니다.

소녀가 말한 대로 십이 번은 비어 있었습니다. 그리고 머지않아 새로운 십이 번이 나타날 겁니다. 비어 있는 십이 번에는 새로운 아이가 배정되는 것입니다. 나도 분명 그렇게 가버린 삼 번 대신 새로운 삼 번이 되었던 거겠죠.

"넌 어떻게 그런 걸 알아?"

"난 미래를 알 수 있으니까."

"미래를? 앞일을 알 수 있다고?"

"그래, 맞아. 엄밀히 말하자면 내가 아는 건 아니지만."

"무슨 뜻이야?"

"유령이 가르쳐주는 거야."

"넌, 유령이야?"

"왜 얘기가 그렇게 되는 건데?"

"그럼 인간?"

그렇게 물은 그때만큼은, 소녀의 표정이 어두웠습니다.

"나는…… 내가 인간이라고 생각하고 싶지만……, 어때? 인간으로 보여?"

그리고 창 너머에서 소녀는 빙글 한 바퀴 돌아 보였습니다. 마치 발레리나나 댄서처럼, 화려한 동작이었습니다. 원피스 자락이 훌렁 공기를 머금었고, 소녀는 득의양양하게 미소 지었습니다. 그대로 살짝 춤을 췄습니다.

"인간으로 보이기도 하지만, 유령처럼 보이기도 해."

오늘 밤은 달이 밝아 창밖은 청명한 파란색으로 물들어 있었습니다. 소녀 자체는 진짜 인간 같았지만, 처한 상황이 너무나 비현실적이라 소녀가 유령이 아니라고 설명해봤자 소용이 없을 것 같았습니다. 왜 나는 이런 곳에서, 이런 식으로 누군가와 얘기를 하고 있는 걸까……, 하고 멍하니 생각했습니다.

태어난 곳에서 한참 떨어져, 집도 보금자리도 아닌 곳에서 한밤중에, 낯선 유령 소녀의 춤을 보고 있다니.

"가르쳐줄게. 다음은 구 번."

소녀는 다시 예언을 했습니다. 그리고 내가 붙잡는 것도 듣지 않고 중간 정원으로 걸어갔습니다. 저 너머에는 숲과 건물. 그녀는 그리로 돌아간 것인지, 혹은 달리 건물이 또 있는 것인지. 아니면 바깥 세계의 인간인 걸까요?

6

다음 날 아침, 구 번은 사라지고 없었습니다.

하지만 아무도 언급하지 않았습니다. 사라진 것은 우리

아이들에게 있어서 어쨌거나 기쁜 일이기도 하고 희망이기도 합니다. 적어도 나 외의 아이들에게 밖으로 나가는 날은 희망의 날이었습니다. 내심 불안한 마음을 품고 있더라도 밝은 길로 이어지리라 믿었습니다.

"다음은 십육 번."

구 번에 이어 소녀는 십육 번을 예언했습니다. 십육 번은 사라졌습니다. 나는 언젠가부터 매일 밤 일어나 소녀가 있는 창으로 가게 되었습니다.

"다음은 이십 번."

다음 날 아침, 이십 번은 사라졌습니다.

소녀의 예언은 정확하게 맞았고, 틀린 적은 한 번도 없었습니다.

정말로 예언인 걸까, 나는 여전히 반신반의했습니다. 소녀는 거드름 피우듯 득의양양하게 가르쳐주었지만, 어딘가에서 정보를 얻었으리라……, 멋대로 생각했습니다. 소녀를 만나러 간 이유는 어쩌면 내 번호를 부르지나 않을까 확인하고 싶었기 때문인지도 모릅니다.

번호 예언뿐만 아니라 스스럼없이 대화도 나누게 되었습니다. 유리창에 등을 맞대고 시시껄렁한 얘기를 주고받

있습니다. 선생님에 대한 불만이나 다른 번호의 아이에 대해. 팔 번에 대해서도 얘기했습니다. 복도에 주저앉자 둘 사이의 얼마 안 되는 거리가 차갑게 등에 닿았고, 둘만의 푸른 세계로 나는 발을 내딛었습니다.

"저기, 어디에서 왔어?"

소녀의 조용한 목소리.

"도쿄."

"도쿄에서 태어났어?"

"응."

내게는 아무런 추억도 없게 돼버린 고향이었습니다.

"도시에서 왔구나, 좋겠다."

"좋은 건가. 넌?"

"태어나서부터 쭉 여기."

"어, 정말?"

"왜?"

"에이, 거짓말이지? 정말이야?"

"그보다 도쿄 얘기 들려줘. 저기, 삼 번은 형제 있었어?"

다른 누구도 굳이 물어보지 않았던 것을 소녀는 아무렇지 않게 물어왔습니다. 그때 나는 정말 소녀가 여기에서

나고 자랐을 수도 있다고 생각했습니다. 다른 곳에서 이리로 온 아이들은 모두 저마다 복잡한 사정을 품고 있기 때문에 다른 사람에 대해 꼬치꼬치 캐묻지 않습니다.

하지만 어쩌면 나는 누가 물어봐주기를 바랐는지도 모르겠습니다.

"형이 한 명."

내 안에는 그야말로 쓸쓸해질 정도로 많은 기억이 있었을 텐데, 벌써 반년 이상이나 지나버렸기 때문인지 형을 떠올리기가 힘들었습니다. 하지만 잊고 싶지 않았습니다. 그래서 그렇게나 고통스러운 꿈을 꾸었을 테죠. 도움받지 못했던 불쌍한 형. 내게 있어 형의 기억은 이제 검은 쓰레기봉투 안에서 들리는 '살려줘' 하는 가느다란 목소리뿐이었습니다.

"형하고는 헤어진 거야? 여기 있어?"

"으응. 천국에 있어."

"어떤 사람이었어?"

"……모르겠어. 죽어서, 잊어버렸어."

"죽으면 그 사람에 대해 잊는 거야?"

"얼굴이 생각나질 않아."

형을 떠올리려고 하면, 팔 번의 얼굴마저 가물거렸습니다. 팔 번과는 그 일을 계기로 마음을 터놓게 되었습니다. 처음에는 익숙하지 않던 '형'도 자꾸 부르다 보니 익숙해졌습니다. 진짜 형이라고 생각하지는 않았어도 나를 보살펴 주었던 팔 번의 행동은 형 몫을 충분히 해냈습니다.

"다른 누가 죽어도 잊어버릴 거야?"

"……아마도. 나, 별로 기억력이 좋지 못해."

"하긴, 자기 이름이나 형에 대한 기억도 잊어버릴 정도니까."

"하지만 잊어버리는 게 더 행복한 경우도 있잖아."

진짜 이름을 잊어버리지 않으면 여기에 있을 수 없습니다.

"언젠가, 후회할 거야."

소녀는 말했습니다. 나는 몸을 돌려 소녀를 바라보았습니다. 예쁜 아이라서 이 아이는 한동안 잊지 못할 거라고 생각했습니다. 어린 소년도 긴장할 만큼, 아름다운 얼굴이었습니다.

"그거 예언이야?"

"응."

"넌, 뭐라고 부르면 돼?"

약속을 지키겠다고 결심한 이상, 내가 먼저 이름을 물어 봐서는 안 됩니다. 번호가 없어지면 이름을 알 수밖에 없 겠지만 직접적으로 물어봐서는 안 됩니다.

"또 언젠가, 기억해줄 수 있게 된다면 가르쳐줄게."

그렇게 말하고 소녀는 가버렸습니다.

7

어느 날, 팔 번이 나를 불러냈습니다.

"밤중에 어디 나가지 않았어?"

팔 번은 내 담당이면서 모두를 챙깁니다. 내가 잘 자는 지도 신경 쓰고 있었을 겁니다. 나는 여전히 작은 방에서 따로 자지만, 화장실에 가느라 나가는 모습을 본 걸까요? 소녀와의 밀회도 알고 있을까요?

"왜?"

"방에 없어서."

그렇다면 적어도 소녀의 존재에 대해서는 아직 모르고 있는 거겠죠.

소녀에 대해서는 누구도 알게 해서는 안 된다고 암묵적으로 생각하고 있었습니다. 한밤중의 만남을 다른 사람이 알게 되어 놀림감이 되거나, 더 이상 만날 수 없게 되는 것은 싫었습니다. 팔 번을 상대로 거짓말 하는 것은 힘들었지만 나는 단호히 말했습니다.

"안 나갔어. 화장실 정도는 갔지만."

재빨리 그렇게 대답했지만 팔 번은 팔짱을 끼고 나를 쳐다보았습니다. 모두 알고 있다고 말하는 듯한 시선 앞에서 다 털어놓아 버리고 싶은 충동에 시달렸습니다.

"사실대로 말해. 비밀은 지켜줄 테니까."

팔 번은 납득하지 못했습니다.

"별로 할 말이……."

"선생님한테 이른다."

그건 곤란합니다. 밖에 나가는 게 알려져 감시라도 받게 된다면 한밤중에 나갈 수 없게 되는데— 그러면 소녀를 만날 수 없게 됩니다.

팔 번이 심통을 부리는 것 같아 곤란했습니다. 하지만 소녀의 존재를 밝히면 더욱 곤란해집니다.

"실은…… 화장실이 아니라."

나는 자백했습니다.

그리고 거짓말을 했습니다. 나는 거짓말 하는 방법을 알고 있었습니다.

거짓말은 딱 하나만 할 것. 자신이 이제부터 거짓말을 해야겠다고 결심하고, 계속 그것을 기억해둘 것. 무슨 일이 있어도 관철시킬 것. 앞으로 평생토록, 계속 거짓말을 할 것.

―거짓말이란, 그 정도 각오가 되어 있는 놈만 해야 돼.

자연스럽게 거짓말을 뱉어낸 나를 가르치기 위해, 욕조에 받아놓은 물에 몇 번이고, 몇 번이고 나를 담그면서 어머니의 애인이 즐거운 듯 말했던 것입니다.

"무서운 꿈을 꾸고 더 이상 잘 수 없어서…… 창고에 들어가 있었어. 그, 쇠사슬 너머에 있는……, 사실 가면 안 되긴 하는데."

해서는 안 될 짓을 했습니다……, 라는 고백이 설득력을 만들어 냅니다.

무서운 꿈에 몸부림치다가 벌떡 일어난 전과가 있는 나였기 때문에 잠들 수 없었다는 말은 신빙성이 있습니다. 창고도 존재합니다. 가느다란 쇠사슬 너머는 출입 금지 구

역입니다. 가서는 안 됩니다.

창고에는 출입 금지 경고문이 붙어 있습니다. 무슨 일이 있어도 들어가서는 안 된다고 하면 아이들은 더 들어가고 싶어 하는 법입니다. 위험한 물건도 많아서 선생님에게 혼난 아이도 몇 번인가 보았습니다. 그렇다면 자물쇠라도 채워두면 좋을 텐데.

팔 번은 나를 데리고 창고로 갔습니다. 평소에는 선생님 눈에 띄기 쉽습니다만······.

"대체 여기에 뭐가 있다고."

마침 체육 시간에 오래 사용되었지만 낡아서 은퇴한 듯한 뜀틀이 안쪽 벽 옆에 있었습니다.

하얀 천을 깐 제일 위 칸은 쉽게 걷어낼 수 있었고, 안쪽에는 사람 하나 정도라면 들어갈 수도 있을 것 같았습니다. 뜀틀 주위에는 많은 물건들이 산더미처럼 쌓여 있어, 뜀틀은 누구에게도 보이지 않는 사각이 되어 있었습니다. 이 방은 선생님들도 물건을 쌓아놓기만 할 뿐, 정리하지는 않았던 것입니다.

"이 안에 숨기도 하고······."

"휴우."

"봐, 조용하지."

그리고 안은 정적으로 가득했습니다.

나는 실제로 이곳을 보고, 마치 내가 있을 만한 장소라고 생각하며 안도했습니다. 팔 번은 납득했습니다.

"아직도 무서운 꿈을 꿔?"

"응. 미안해, 시끄럽게 해서."

"다른 방에서 자는 거, 외롭지?"

"하지만 내가 큰 방에 있으면 애들한테 민폐잖아."

"삼 번만 불쌍하네. 큰 방이었으면 사람도 있고 외롭지 않을 텐데."

"응……."

실은 이미 선생님으로부터 '갑자기 벌떡 깨는 일도 사라졌으니까 큰 방으로 돌아오지 않으련?' 하는 말을 들은 상태였습니다. 하지만 '아직 민폐를 끼칠 수도 있다'고 거절했던 것입니다.

팔 번은 보기 드물게 침묵한 후, 켕기는 게 있어서 같이 말을 잃어버린 내게 슬쩍 비밀을 알려주었습니다.

"저기, 실은 말이야, 비밀로 하라고는 했는데."

예감이 맞았습니다. 아마도 지금 창고에 있는 것은 우리

둘만 있기 위해서였던 것이었습니다.

팔 번은 말했습니다.

"실은, 어머니가 데리러 와주기로 했어."

역시 그런 얘기였습니다.

"그렇구나."

팔 번은 흥분해 있었습니다. 내 복잡한 심경은 전혀 눈치채지 못한 듯했습니다.

"만나러 온 적도 없었고, 서로 얼굴도 모르는데 다시 함께 살게 되는 건가. 그래도 이건 너무 갑작스러운 결정 같아. 오늘 아침에 선생님이 말해줬거든. 아무도 눈치채지 못하게 짐 정리하고, 오늘 밤 안에 혼자 나가야 한다는 규칙이래."

팔 번은 마음에 품고 있던 불안을 거칠게 토로했지만, 기쁜 것 같기도 했습니다.

"어머니가……."

정거장으로 오는 버스를 타고, 마을로 간다고 했습니다. 순서가 적힌 종이는 짐 속에 미리 넣어두었으므로, 종이에 적힌 내용에 따라 자신이 직접 찾아가는 모양이었습니다.

팔 번은 그렇게 말하며 긴장했습니다.

"오랫동안 만나지 못했으니까 이렇게 큰 걸 보고 분명 놀라겠지."

그럭저럭 교류하던 팔 번이 사라지는 건 쓸쓸한 일이었습니다. 하지만 동시에 기쁘기도 했습니다. 저편의 장소가 '행복한 곳'인지 어떤지는 모르지만 그럴 가능성이 높았고, 게다가 이번에야말로 나는 '안녕'이라고 말할 수 있겠죠. 이 새로운 '형'에게 말이죠.

팔 번은 나를 보며 웃었습니다.

"울지 마. 들키겠다. 나가는 거 아무한테도 말하면 안 된다고 했거든. 특히 삼 번에게는……. 내가 돌봐줬던 아이라 절대 말하면 안 된다고. 서로에게 그러는 편이 더 좋다면서 말이야."

"그런데, 말해줘서 고마워."

"응. 나 삼 번하고 이렇게 얘기할 수 있어서 좋았어. 하지만 놔두고 가는 건 걱정돼, 만사태평한 성격이라."

"응."

"우린 닮았어. 둘 다 고생 많았지."

고생 끝에 인연이 있어 '집'으로 왔고, 억지로 형제처럼 지내게 되었습니다. 그것도 언젠가 잊어버리게 될까요. 후

회하게 될까요. 소녀의 말이 되살아났습니다. 잊고 싶지
않았습니다.

"삼 번, 밖에 나오면 만나러 와."

"응. 팔 번 만나러 갈게."

그렇게 둘 다 울면서, 팔 번은 내 귓가에 비밀을 털어놓
았습니다. 나는 팔 번의 비밀을 알았습니다. 아마도 팔 번
역시 이 '집'의 약속을 지키겠다고 했을 겁니다.

예전 이름은 잊을 것. 다른 사람이 물어봐도 대답해서
는 안 되고, 자신이 물어봐도 안 된다, 입에 담아서는 안
된다, 금기다, 라고.

하지만 소중한 인연이었습니다.

"빨리 어른이 돼라. 어딘가에 집이라도 지어둘게."

팔 번이 말했습니다.

내가 '집'을 나가는 날은 언제가 될지 모릅니다. 한참 후
어른이 되고 나서일지도 모르고, 내일일지도 모릅니다.

결국 나 혼자의 힘으로 걸어갈 수 있게 되어, 비밀을 구
실로 팔 번을 만나러 갔을 때, 번호로 불리지 않고 진짜
이름을 사용하며 사는 그를 다시 만날 수 있겠죠.

그때 둘 다 행복하게 살고 있었으면 좋겠습니다.

"그러면 나, 삼 번한테 바로 연락할게. 같이 살자. 가족이 돼서."

부디, 팔 번이 행복해지길.

나는 팔 번이 여기를 나가 행복해지기를 진심으로 바랐습니다. 둘 다 외톨이인 우리가 언젠가 도착할 수 있는 장소가 있기를.

내게 있어서 절망의 상징이었던 가족이라는 고리가, 희망의 빛으로 변한 순간이었습니다. 이 힘을 가슴에 품고 앞으로는 살아갈 것 같은 기분이 들었습니다.

8

한밤중.

소녀가 나타났습니다. 유리창 너머로, 평소와 다름없는 차림이었습니다. 별 내용 없는 얘기를 주고받은 후 평소처럼 예언을 했습니다.

"다음은 팔 번."

기쁜 듯 그렇게 말했습니다. 하지만 나는 그 사실을 알고 있었기 때문에 놀라지 않았습니다.

"알고 있었어."

하고 말하자, 소녀는 더욱 기쁜 듯한 표정을 지었습니다.

"왜 그렇게 기뻐하는 건데?"

나는 약간 불만스러웠습니다. 팔 번과 보낸 시간들을 돌이켜보다 감정적인 기분이 되었던 것입니다.

"그럼, 이건 알아?"

소녀는 원피스 호주머니에서 뭔가를 꺼내 그것을 내게 보여주었습니다. 그것은 사각형의 딱딱한 플라스틱 케이스에 들어 있었고, 달필로 '八'이라고 크게 적혀 있었습니다.

"이거, 팔 번의……."

그것은 명찰 번호표였습니다. 내 가슴에도 부착되어 있는, 우리의 존재 증명입니다. 팔 번이 팔 번이 될 수 있도록 해주는 물건입니다.

"다음 팔 번, 벌써 결정됐어."

"설마……."

"그래, 나야."

"그런……."

언젠가 스스로 말한 것처럼 나는 팔 번을 잊게 될까요?

그것도, 그리 오랜 시간이 지나지 않아, 얼굴조차 잊어버리게 될까요?

"자자, 전에 있던 사람 따위는 금방 잊어버릴 거야."

번호표를 손에 든 소녀는 기뻐 보였습니다.

"싫어……."

"어?"

"팔 번은…… 싫어. 잊고 싶지 않아."

나는 마치 소녀가 팔 번을 빼앗아 간 듯한 기분을 느꼈습니다.

"그만둬. 잠깐 동안만이라도 좋으니까. 팔 번을 쓰지 마. 제발 부탁이야……."

나는, 마침내 청소창을 열었습니다. 안쪽에서 잠금 장치를 열고 소녀에게 다가갔습니다. 하지만 소녀는 나를 슬쩍 피하며 건물 안으로 들어갔습니다. "앗." 하고 소리치며 창문에 매달렸지만 이미 문은 잠겨 있었습니다.

"너무해. 문 열어."

"탐험하고 올게."

소녀는 팔 번 명찰을 호주머니에 넣고 나만 남겨둔 채 달려갔습니다. 소녀의 스커트가 펄럭이며 순식간에 보이지 않게 되었습니다.

어디로 가는 건지, 이내 알 수 없게 되었습니다.

9

밖에 나오게 된 나는 초조해하면서도 냉정하게 생각했습니다. 건물의 구조는 잘 알고 있었는데, 한밤중이 된 것만으로 왜, 전혀 다른 건물처럼 느껴지는 걸까요?

어둠에서 적의를 느끼는 것은 왜일까요?

나를 지켜주는 존재였는데.

이윽고 화장실 작은 창이 활짝 열려 있었다는 사실을 떠올렸습니다. 아무튼 빨리 돌아가야만 했습니다. 소녀를 찾아 그 명찰을 돌려받고 싶었던 것입니다. 어떻게든 팔번 아닌 다른 번호를 쓸 수 있게 할 수는 없을까?

화장실 작은 창을 통해 나는 필사적으로 안에 들어갔습니다. 들어간 순간 안심했습니다. 밖으로 내쫓긴 것은 상당히 무서운 경험이었습니다.

자, 이제 소녀를 찾아야만 합니다. 화장실을 나와 우리가 몰래 만났던 청소창 근처로 갔지만 아무도 없었습니다.

아직 탐험 중인 걸까? 나는 소녀의 이름을 몰랐고, 이 정적 속에서는 설령 알았다고 해도 부를 수는 없었을 겁니다. 그렇다고 팔 번이라고 부르는 건, 도저히 불가능했습니다. 묵묵히 걷기 시작했습니다. 맨발이었으므로 걸을 때마다 찰싹찰싹 소리가 났습니다. 그 소리가 최대한 나지 않도록 주의했습니다.

창고 앞에 도착해 슬쩍 문을 열었습니다.

인기척이란 건 이런 것일까요.

실내에 누군가가 있었습니다.

하지만 어디 있는지는 알 수 없었습니다.

천천히 몰래 들어갔습니다. 창문으로 들이친 달빛 덕분에 물건들 위치만은 겨우 알 수 있었습니다. 하지만 사람의 모습은 보이지 않았습니다. 어딘가에 숨어 있는 걸까.

이윽고 나는 바닥 위에 떨어진 팔 번 명찰을 발견했습니다. 분명 탐험하는 동안 소녀가 떨어뜨렸을 겁니다.

그리고 뜀틀의 제일 위 칸이 살짝 비틀려 있다는 것을 눈치챘습니다. 하얀 천이 깔린 가장 위 칸이 몇 센티미터 어긋나 있었던 것입니다.

오늘, 창고에서 나갈 때 잘 덮어 놓았었는데.

안에서는 강렬한 인기척이 느껴졌습니다. 나를 놀래려고 소녀가 숨어 있는 걸까요? 나는 절대 눈치채지 못하도록 숨을 죽였습니다.

자, 어떻게 할까?

소녀를 찾는 동안 나를 곤란하게 만들었던 소녀에 대한 분노가 부글부글 끓어오르고 있었습니다.

나는 근처에 있던 무거운 상자를 뜀틀 위에 슬쩍 올려 놓았습니다. 저쪽에서는 내가 무엇을 하는지, 상상도 못하겠죠. 살짝 몸 움직이는 소리가 났지만 펄쩍 뛰쳐나오거나 날뛰지는 않았습니다.

낡은 천이 있어서 그것을 천천히 펼치고 뜀틀을 푹 감싸듯 덮었습니다. 두껍고 하얀, 텐트용 천이었습니다.

이제 소리는 새어 나가지 않을 겁니다. 다시 그 옆에 있던 물건을 차곡차곡 쌓아 올렸습니다. 어느새 여기에 뜀틀이 있었다는 사실조차 알 수 없을 만큼 탑이 생겼고, 뜀틀의 모습은 물건들 사이로 사라졌습니다. 이렇게 되면 갇힌 상태에서 빠져나오는 것은 불가능합니다.

아주 살짝, 의미를 알 수 없는 낮은 목소리가 들려온 것도 같았습니다.

하지만 못 들은 걸로 했습니다.

내게는 팔 번 명찰이 더 중요했습니다. 창고를 나와 큰 방으로 돌아갔습니다. 큰 방은 여전히 안녕한 장소였습니다. 피곤했던 나는 곧바로 잠이 들었습니다.

다음 날 아침.

활짝 갠 날씨였습니다.

당연히 내가 형처럼 좋아했던 팔 번은 사라지고 없었습니다. 팔 번이 말했던 것과 소녀의 예언대로였습니다.

하지만 그가 오래 사용하던 팔 번 명찰만 있으면 나는 괜찮았습니다. 이 명찰을 사수했기 때문인지는 모르겠지만, 그날 밤 결국 찾지 못했던 소녀는 아무리 기다려도 '집' 으로는 오지 않았습니다.

곧바로 팔 번 명찰은 새로 주문 제작되어 몇 개월 후, 전혀 다른 인물이 팔 번이 되었습니다. 옛날 팔 번 명찰을 나는 몰래 지닌 채 아주 한참 동안 소중히 간직했습니다.

얼마 안 있어 '집'은 퇴거 요청을 받고 이전했습니다. 다른 현의 산속에 또 비슷한 건물을 지어 그리로 이동했죠.

그러고 나서도 몇 년마다 한 번은 옮겼습니다.

그럭저럭 마침내 나는 어른이 되었습니다.

끝내 나를 데려가줄 사람은 나타나지 않았습니다. 열여덟 살이 되면 성년 취급을 하여, 약간의 돈을 준 후 '집' 밖으로 내보냈습니다. 나올 때도 팔 번 명찰은 가지고 나왔지만, 삼 번 명찰은 놓고 나왔습니다. 다음 번 사람이 사용해야 하기 때문에 어쩔 수 없었습니다.

팔 번 명찰은, 그 '집'에 왔을 때는 아무것도 가진 게 없던 내가 10년 이상을 지내며 얻은 유일한 보물입니다.

내가 밖으로 나가던 날— 차가운 눈이 내리던 날이었습니다. 한낮인데도 눈구름이 잔뜩 산을 뒤덮었고, 하얀 눈이 내리면서 '집'은 하얀 잠에 빠져 있었습니다. 새벽녘 나는 내 발로 '집' 밖으로 나왔습니다. 무뚝뚝한 운전기사의 버스를 타고 도시로 나가자 눈은 비로 바뀌어 있었습니다.

그러고 나서 '집'으로는 돌아가지 않았습니다.

10

그 '집'은 아직도 있을까요?

'집'에 대해 조사해본 적이 있었습니다. 산속에서 아이들을 모으고 있는 시설……. 그곳의 도움을 받은 내 입장에서 보자면 자선사업이었지만……, 오해였습니다. 그 '집'은…… 사실, 종교단체의 시설 가운데 하나였습니다. 그것도 상당히 괴이한…….

어떤 괴이함인가 하면, 영감을 파는 장사라고 해야 할까요. 영감이니 이상한 능력으로 다른 사람을 속이는 그런 활동을 했습니다.

천리안을 가진 소녀라거나, 유령과 노는 소년이라거나…….

유령과 노는 소년.

마치 어딘가에서 들어본 얘기 같습니다.

물론 거짓말이겠지만요.

그래요, 그 '집'은 불행한 아이들을 위한 보금자리가 아니었습니다. 그곳은 '불행한'이 아니라 '왠지 기분 나쁜' 아이들을 위한 보금자리였습니다. 굼뜨고 거짓말만 하던 내가 있을 곳은 없었습니다. 불편했던 것입니다.

그로부터 상당히 오랜 시간이 흘렀습니다.

팔 번이 '집'을 나간 후 어떻게 살았는지는 모릅니다. 그는 한 번도 '집'으로 돌아오지 않았으니까요. 하지만 팔 번의 명찰을 가지고 있던 나는 명찰을 통해 그의 행복을 빌었습니다. 그는 분명 행복해졌을 거라고 믿었습니다.

그래서 최근 들어 그의 소식을 듣고 모든 게 잘못되었을 가능성에 생각이 미치자, 이렇게 주체할 수 없는 감정을 품고 있는 것입니다.

얼마 전, 살인사건이 있었습니다. 그게, 어떤 남자가 여배우를 납치해 죽였다던가……. 그리고 범인은 그대로 자살했습니다.

보도에서 본…… 범인의 이름은…… 팔 번의 진짜 이름이었던 것 같았습니다.

아뇨, 틀림없이 그렇습니다.

기억 깊은 곳에 잠들어 있던 팔 번의 비밀이 떠올랐던 것입니다. 틀릴 리가 없습니다. 성장 배경이 밝혀지고, 그모든 게 일치했습니다.

태어나자마자 곧바로 부모가 이혼하여 아버지와 살다가, 아버지가 재혼하여 동생이 생겼고, 나와 만난 '집'에 맡겨진 후 친어머니가 데리고 갔다는 복잡한 성장 배경이었습니다.

……이 성장 배경은, 그가 팔 번임에 틀림없습니다.

하지만 얼굴이—.

얼굴이 달랐습니다.

팔 번의 얼굴 흔적이 전혀 없었던 것입니다.

있을 수 있는 일일까요?

뉴스 프로그램에서 자살한 범인이라고 하여 나온 것은 중학교 졸업 앨범이었습니다. 그 얼굴이 그가 아니었던 것입니다. 그럼 누구냐고요?

그것은—.

그날 밤 사라진 소녀였습니다.

왜, 그런 일이 일어났을까? 나는 필사적으로 생각했습니다. 그리고 한 가지 결론에 이르렀습니다.

소녀는 팔 번 대신 시설에 들어가려 했습니다. 하지만 그녀는 '집'에 오지 못했습니다. 즉— 팔 번 대신, 팔 번이 한 번도 만난 적 없었다는 어머니가 있는 곳에 간 게 아닐까요?

그게 가능한지 아닌지는 차치하고 실제로 그렇게 되었던 것입니다. 팔 번은 어머니가 자신의 얼굴을 기억하지 못할 거라고 했습니다. 태어나서 곧바로 헤어졌으니까 잊어버렸다 해도 어쩔 수 없죠.

소녀는 그와 뒤바뀌었을 겁니다. 진정한 의미에서 팔 번이 된 것이죠. 그를 대신한 겁니다.

그럼 밤에 나와 만났을 때, 자신의 성별을 속였던 걸까요? 그럴지도 모릅니다. 소녀치고는 목소리가 낮다고 느꼈던 기억이 있습니다. 실은 소년이었다 해도 납득할 수 있습니다.

그리고 또 하나 신경 쓰이는 일이 있습니다.

그날 밤의 일입니다.

그날 밤— 내가 뜀틀 안에 가둔 것은?

—가족이 되자.

팔 번의 목소리가 되살아났습니다. 내 기억은 선명합니다. 그와 보낸 얼마 안 되는 시간. 사소했던 관계. 하지만 극명하게 떠올릴 수 있습니다. 마치, 형벌처럼.

진짜 팔 번은 어디로?

팔 번은 이 세계의 대체 어디에서, 내가 찾아오기를 기다리고 있을까요? '집'은 이전했습니다. 뜀틀도 처분되었을 겁니다.

진짜 팔 번은…….

부디, 어디든 상관없습니다. 그가 어딘가에서 살아만 있어준다면, 어디든 상관없습니다.

회색 상자

1

그곳은, 시골에 있는 오래된 집이었습니다.

높은 담벼락으로 둘러싸인 정사각형의 넓은 부지 안에
는 완만한 언덕과 잡목림, 작은 개울까지 있었고, 그 모든
게 수풀로 덮여 있어 하루 종일 탐험하며 지내도 질리지
않았습니다. 원래는 어머니의 조부모님 것이었지만 조부모
님이 돌아가신 후 어머니가 물려받았습니다.

어린 시절 어머니, 누나와 함께 나는 그곳으로 이사 갔
습니다.

안채나 별채 같은 건물은 넓은 부지 안 남쪽 모퉁이에

위치해 있었습니다. 그곳에서 제일 먼 북쪽 모퉁이에 조용히 잠들어 있던 소각로를 발견한 것은 당시의 탐험대 대장— 즉, 죽은 누나였습니다.

상당히 오래된 얘기가 되겠네요.

어느 날의 일이었습니다.

부지를 탐험할 때, 누나는 늘 내 앞을 걸어갔습니다. 나는 누나 뒤만 졸졸 쫓아갔습니다. 한참을 이어져 있던 키 큰 풀들이 겨우 사라지고 우리는 활짝 열린 광장 같은 곳으로 나왔습니다. 누나가 우뚝 걸음을 멈췄습니다. 늘 갑자기 멈춰 섰기 때문에 그만 누나의 등짝에 부딪힐 뻔했습니다.

"누나?"

서둘러 걸음을 멈추고 누나를 불렀습니다.

그렇게 누나의 시선 끝을 확인하다가, 광장 한복판에서 낯선 것을 발견했습니다. 무슨 장식품인 것 같았습니다. 빨간 벽돌로 만든, 사방 1미터 정도 되는 상자 모양처럼 생긴 것이 땅바닥에 찰싹 달라붙어 있듯 세워져 있었습니다.

"저게 뭐야?"

나는 물었습니다. 처음 보는 신기한 장식물이었습니다. 오두막이라고 하기에는 높이가 낮고 견고한 구조처럼 보였습니다.

사방이 빨간 벽돌이고, 정면에는 금속으로 만든 옆 방향의 뚜껑이 달려 있었습니다. 바로 위에 새까맣게 그을린 굴뚝이 높이 솟아 있고요. 전체가 오래되어 황록색으로 변색된 덩굴이 종횡무진 뒤엉켜 있었습니다.

그것이 대체 무엇인지, 나는 알 수 없었습니다.

"소각로라는 거야."

하고 누나는 대답했습니다.

"소각로……"

그것은 내 눈에 5월의 상쾌한 자연 속에서 함초롬히 잠들어 있는 듯 보였습니다.

"학교에도 있어."

누나는 초등학교에 막 들어간 참이었습니다. 나는 누나보다 두 살 아래라 유치원을 다니고 있었지만, 소각로를 유치원에서 본 적은 없었습니다.

"그게 뭔데?"

"쓰레기 태우는 거."

쓰레기는 버리는 것이라고 생각했기 때문에 태운다는
건 처음 알았습니다.

그 소각로는 대체 언제부터 사용되지 않았던 걸까요?
그것은 누군가의 손에 의해 봉인되어 있었습니다. 그렇다
고 해도, 약간 굵은 각목을 금속 뚜껑 손잡이에 넣고 밧줄
로 간단히 묶어 놓았을 뿐, 지극히 간소한 봉인이었습니다.

여기에는 지붕도 없어서, 오랜 세월 비바람을 고스란히
맞고 있었습니다. 각목도, 밧줄도 빗물에 젖었다 다시 마
르기를 수없이 반복하며— 썩어 문드러져 힘이 다한 상태
였습니다. 그것이 겨우 형태를 유지하고 있는 것은, 누구
도 만지는 사람이 없었기 때문일 것입니다.

누나는 거침없이 소각로로 다가갔습니다.

이처럼 우리가 탐험놀이를 할 때 먼저 행동하는 것은 늘
활달한 누나 쪽이었습니다. 집에만 틀어박혀 있기를 좋아
하는 나는 늘 발만 동동 굴렀습니다. 애당초 탐험하러 가
는 것조차 떨떠름하게 여겼습니다. 그런 주제에 누나가 나
중에 피아노를 배우기 시작하여, 탐험하러 가자는 말도 하
지 않게 된 이후로는 염치없이 괜히 외로워졌습니다만.

"그러고 보니…… 엄마가 말했던 것 같아."

나는 여기로 이사 왔을 때 어머니에게 들은 얘기가 생각나 누나에게 말했습니다. 그 근처에 떨어져 있던 마른 나뭇잎의 강도를 확인하면서, 누나는 되물었습니다.

"뭐라고?"

"어딘가에 우물과 소각로가 있는데, 찾게 되더라도 만지지 말라고."

어머니한테 그런 주의를 들었을 때는 우물의 의미도, 소각로의 의미도 몰랐습니다. '그게 뭐야' 하고 물었는지 어쨌는지는 기억나지 않지만, 어머니의 말만은 기억에 남아 있었습니다. 그렇지만 틀림없이 그때 누나도 함께 있었을 텐데요…….

"그랬어?"

하고 누나는 짐짓 시치미를 뗐습니다.

"누나, 우물이란 건 뭐야?"

이때다 싶어 나는 물었습니다.

"물이 담겨 있는 거."

누나는 말했습니다. 나는 고개를 갸웃거리며, 여기까지 온 길을 떠올려보았습니다.

"그런 게, 있었어? 어디에 있었을까?"

이사 온 지 얼마 되지 않아서, 아직 개척하지 못한 땅이 남아 있었습니다. 누나는,

"이거 끝나면 찾아볼까?"

하고 말했습니다.

어머니의 충고도 헛되이 누나는 못된 짓을 솔선수범하여 행하는 주의였습니다. 잘 마른 나뭇가지를 찾아내 재빨리 소각로의 뚜껑을 벗겼습니다. 나는 작업하는 누나 주위를 어슬렁거렸습니다.

"저기, 그런데 만지면 안 되는 거잖아?"

좀 불안해져서 겁먹은 소리를 내자, 누나가 지겹다는 표정을 지었습니다.

왠지 모르게, 자연 속에서 오랫동안 동면하고 있던 대형 동물을 억지로 깨우는 듯한— 그런 느낌이 들어서 아무래도 불안했습니다. 하지만 누나는 내 호소 따위는 들어줄 생각도 하지 않았습니다. 마른 나뭇가지 끝으로 찌르자, 밧줄은 간단히 풀렸고 각목은 후두둑 떨어져 내렸습니다. 녹슨 손잡이에 나뭇가지를 넣고 누나는 뚜껑을 열었습니다. 그때 피부에 소름이 돋았던 느낌을 선명히 기억하고

있습니다.

"그만두자."

소매를 잡아당겨 보았지만 누나는 그만두지 않았습니다.

"겁쟁이!"

하고 나를 놀렸습니다.

"그렇지만, 엄마한테 혼날 거야. 그리고…… 뭔가, 있을지도 모르고. 아무것도 없어?"

열린 뚜껑 안을 나는 쭈뼛쭈뼛 확인했습니다.

"봐, 아무것도 들어 있지 않잖아."

누나는 그렇게 말했습니다.

하지만 누나는 보지 못했습니다.

그래서 이렇게 복잡한 사연이 있어 보이는 것에도 쉽게 다가갈 수 있는 것이겠죠. 설령, 사각형 밑바닥에 무릎을 끌어안고 앉은 비썩 마른 소녀가 있었고, 위에서 들이치는 빛에 고개를 들어 이쪽을 응시하고 있었다 하더라도 보이지 않는다면 상관없는 것입니다.

나는 소리쳤습니다.

"빨리 닫아!"

눈이 마주친 내게 소녀는 뭐라고 말했습니다. 누나가 뚜껑을 닫는 게 더 빨라서 다행이었습니다. "정말이지, 언제나 넌 겁이 많다니까." 하는 누나의 한탄에 지워져 소녀의 목소리는 전혀 들리지 않았습니다.

2

어느 구름 낀 일요일이었습니다.

나는 중학생이 되었습니다. 별채에 있는 내 방 창문으로 구름 낀 하늘을 올려다보며, 언제 비가 쏟아질까 걱정하면서 어머니가 외출하기 전에 널어둔 빨래를 걷으려고 생각했을 때의 일입니다. 바람에 흔들리는 색색의 세탁물 사이로 누나의 뒷모습을 본 것은요. 부지 안쪽으로 걸어가고 있었던 것입니다. '뭐 하는 거지.' 하고 나는 생각했습니다.

누나는 피아노 레슨을 받는 날이어서 방금 전까지 경쾌한 리듬의 피아노 선율이 들렸었는데……, 대체, 갑자기 어디로 가는 걸까?

빨래의 존재도 잊고 쫓아갔던 것은, 걸어가는 누나의 뒷

모습이 왠지 쓸쓸해 보였기 때문입니다. 왠지 모르게 불안했던 것이죠.

짙은 초록의 숲은 어디든 물소리가 들렸습니다. 6월 초순의 일입니다. 하늘의 상태는 불온했습니다. 묵색과 상아색 구름이 얼룩처럼 흩어지고, 위쪽 하늘에서 거칠게 부는 강한 바람에 격렬하게 떠밀려 흘러가고 있었습니다. 나는 나무 사이를 빠져나가며 북쪽 방향으로 나아갔습니다. 누나의 모습은 잘 보이지 않았지만 틀림없이 이쪽으로 갔을 것이라고 생각하며, 길게 뻗어 무성하게 자란 잡초 사이로 걸음을 옮겼습니다.

걷다가 공기에 연기가 섞여 있는 걸 깨달았습니다. 내 예감은 확신으로 바뀌었습니다. 도착한 소각로에서는 검은 연기가 피어오르고 있었습니다.

새똥이 달라붙은 녹슨 뚜껑을 바라보며 멍하니 서 있는 누나 옆에, 나는 나란히 섰습니다. 어린 시절 벗겨낸 밧줄과 각목이 땅바닥에 절반쯤 파묻혀 있었습니다.

회색의 작은 여자아이가 누나 발밑에 기쁜 듯이 엉겨 붙어 있었습니다. 뚜껑을 열었기 때문에 나왔던 것입니다.

하지만 누나는 여자아이의 존재를 전혀 눈치채지 못했습니다. 그리고 내게 변명하듯이,

"필요가 없어져서 이렇게 태우기로 했어. 나한테 필요 없는 것이라면 없애버리는 편이 좋겠지……."

하고 말했습니다.

누나는 악보를 태우는 중이었습니다. 옛날 발표회에서 친 '비의 정원'을 가슴에 품은 채, 그것을 소각로에 던져 넣었습니다. 뚜껑을 닫고, 잠시 동안 가만히 있었는데, 그러다가 비틀거리는 발걸음으로 집으로 돌아갔습니다.

나는 그 자리에 그냥 있었습니다. 비가 내리기 시작했지만 개의치 않았습니다. 회색의 소녀는 뚜껑을 열고, 좁은 입구로 몸을 밀어 넣으며, 아직 열기가 남아 있는 소각로 안으로 돌아갔습니다.

옛날에 누나가 봉인을 풀었을 때, 분명 이 괴물은 누나의 마음속에 자리 잡았을 겁니다. 이번에 내가 본 게 처음이 아니고, 그동안에도 누나는 여기에서 뭔가를 태웠던 것입니다.

소녀는 이쪽을 흘깃 보았지만, 내게는 흥미가 없어 보였습니다.

"누나에게 접근하지 말아줘."

나는 화를 내며 소리쳤습니다. 내가 상대하는 게 그 어떤 것이든 가족을 지키기 위해서라면 무섭지 않았습니다.

방금 전 악보를 태우던 누나의 옆얼굴에 드러나 있던 불온함— 이 소녀가 끼친 악영향으로 그런 짓을 한 게 틀림없습니다. 누나를 지켜야만 합니다.

소녀는 씨익 하고 기분 나쁜 미소를 지었습니다. 살아 있는 인간의, 소중히 여기는 것을 빼앗으려는 눈빛을 하고 있었습니다. 그리고 변명했습니다.

"아니야. 내가 태우도록 만든 게 아니라고. '중요한 거지만 보고 있으면 힘들어지니까 태우고 싶다'고 누나가 생각한 거야. 그래서 도와줬어."

소녀는 스스로 뚜껑을 닫았습니다. 목소리는 들리지 않았습니다.

그날 이후 누나는 피아노를 그만두었습니다. 이유는 피곤해서라고 했습니다.

3

누나가 죽은 것은 열여섯 살 때였습니다.

극히 흔한 교통사고였습니다. 차가 많이 다니는 교차로에서 좌회전을 하려던 승용차와 횡단보도를 건너던 누나가 충돌했던 것입니다. 승용차는 횡단보도 진입 도중에 누나를 보고 서둘러 속도를 줄였지만 누나는 넘어졌고, 하필이면 부딪힌 부분이 안 좋아서, 결국 이틀간의 혼수상태에서 깨어나지 못했습니다.

누나가 죽었다는 말을 듣고— 누나에게 피아노를 그만둔 이유를 물었을 때, '그냥 지쳤어.' 하고 말하던 조용한 목소리가 내 귓가에 되살아났습니다. 그리고 소각로의 소녀가 짓던 일그러진 미소가 머릿속에서 떠나질 않았습니다.

누나는 빼앗기고 말았던 것입니다. 그 소녀에게. 그녀는 역시, 살아 있는 인간의 소중한 것을 빼앗는 존재였습니다.

피아노뿐만 아니라 생명까지도.

그리고 얼마 안 되어서입니다. 어머니의 위가 나빠진 증세가 상당히 오래갔습니다. 제일 심했을 때는 입원을 했지만 겨우 회복되어 어머니는 퇴원했습니다.

그리고 돌아온 어머니는, 어머니가 없는 동안 내가 유지해온 집을 한바탕 둘러본 후 이런 말을 했습니다.

"보고 있으면 힘드니까, 누나 물건, 조금씩이라도 처분해야겠어……."

그 텅 빈 시선에서 나는 한기를 느꼈습니다.

언제였던가, 그와 똑같은 말을 들었던 적이 있습니다. 초여름 잔뜩 흐린 여름 하늘 아래에서, 악보를 태우던 누나의 입에서 나온 말이었습니다.

'필요가 없어져서 이렇게 태우기로 했어. 나한테 필요 없는 것이라면 없애버리는 편이 좋겠지……'

─누나는 그렇게 말했습니다. 누나의 말과 어머니의 말이 겹쳐졌습니다.

어머니는 태워버릴 셈인지도 모릅니다.

"무리하지 않아도 돼."

나는 즉시 말했습니다.

여기는 오래된 집이지만 넓은 것 하나만큼은 어디에도 뒤지지 않으니까, 커다란 보물 상자라고 생각하며 추억을 소중히 간직해도 큰 문제는 없을 겁니다.

"하지만, 아무래도 힘들어."

"누나 물건이 다 없어지는 게 더 힘들어."

힘든 건 쉽게 사라지지 않습니다. 이를테면 누나 방에 있는 큰 물건—오랫동안 애용해왔던 책상이나 침대, 옷장 등—을 처분한다 해도 누나가 기억 속에서 사라지지는 않을 겁니다.

즉, 주방에 있는 4인용 식탁의 누나 자리에 남은 공백은 처분할 수 없습니다. 매년 키를 재던 기둥의 흔적 역시 지울 수 없습니다. 먼지 탄다며 신발을 종이 상자로 옮겨놓아도 누나의 신발이 놓여 있던 위치는 어쨌든 비어버립니다.

그런 식으로 누나의 그림자는 특별한 것에 깃들어 있는 게 아니라, 여기저기에 다 있는 것입니다. 오히려 버리면 버릴수록 부자연스러운 간극만 더 늘어날 뿐입니다.

"그래도⋯⋯."

나는 어머니를 설득하려 했습니다. 마치 회색의 소녀가 그 근처를 걸어 다니고 있는 듯한 한기마저 느꼈습니다. 대체 어디에 있는 거지, 하고 나는 방을 둘러보았지만 어디에도 소녀의 모습은 보이지 않았습니다. 알고는 있었습니다. 소녀는 분명 지금도 그 소각로 안에서, 무릎을 끌어안고 있을 겁니다.

"그래도 말이야."

하고 다시 한번 어머니가 말했습니다.

"누나 물건을 처분하면, 내가 용서하지 않을 거야."

어머니가 멋대로 처분하지 못하도록 강한 의지를 담아 말했습니다. 뭔가 수단을 강구해야겠다는 초조함이 생겨 났습니다.

4

어머니가 다시 입원하게 되었을 때, 나는 불안해하면서 도 약간 안심했습니다. 입원해 있는 동안은 누나의 유품에 손을 댈 수는 없을 테니까요.

나는 고등학교 2학년 가을을 맞이했습니다.

어머니의 병실은 일인용이라 둘이서만 조용히 얘기를 나눌 수 있었습니다. 해가 저물기 직전이어서 서쪽으로 나 있는 창문에서 노을이 아름답게 비치고 있었습니다. 침대에서 몸을 일으킨 채 세피아 색깔로 물든 시트 위에서, 감색 털실 뭉치를 두세 개 놔두고, 어머니는 내 스웨터를 짜고 있었습니다. 코바늘을 일사불란하게 움직였습니다.

"고맙긴 한데, 너무 무리하지 마."

"말은 그렇게 해도 너, 그냥 놔두면 계속 여름옷 입고 다닐 거잖아."

주위는 완연하게 가을 경치로 변해, 나도 가을 외투를 입고 있었지만 그것을 벗으면 반소매였으므로, 옷이 없다고 생각한 것이죠. 몸 하나는 튼튼해서 춥고 더운 차이를 별로 못 느꼈던 만큼 깜박하고 가을 옷으로 갈아입지 못한 것인데 말입니다.

"그렇지 않아."

"혼자 잘하고 있는 거야? 식사는? 좀 마른 것 같은데."

"잘하고 있어. 이래 봬도 요리까지 한다니까."

대충 다 사실이었습니다. 직접 밥은 해먹고 있었고, 건강 그 자체였습니다. 내 생명력을 나눠주고 싶을 정도였습니다. 나눠줄 수만 있다면, 설령 전부는 무리라고 해도 조금만이라도 좋으니까요.

"공부도 잘하고 있어. 공무원 시험 보려고."

어머니를 안심시키려는 일념으로 나는 견실한 직업을 목표로 하고 있었습니다.

"그렇구나."

어머니는 안심한 듯했습니다. 눈을 가늘게 뜨며 말했습니다.

"그러고 보니 누나도 옛날엔 그렇게 말했었는데. 피아노를 그만둔 후……, 여자 경찰이 되고 싶다고."

"그랬구나."

"역시 형제야. 성격이며 외모도 닮았어."

"난 누나 같은 성격은 아니라고 생각했는데."

내 기억에는, 어딜 가든 앞장서던 어린 시절의 누나와, 쓸쓸해 보이던 뒷모습의 고등학생 누나의 모습이 남아 있었습니다. 누나가 경찰이 되고 싶다는 것은 몰랐습니다. 힘든 기억이 아니라 따뜻한 추억으로 거슬러가는 기분이 들어, 아련히 그리운 마음이 되었습니다.

"경찰도 좋겠다. 나도 그거 해볼까?"

"그래도 좋겠네."

어머니는 내게서 누나의 그림자를 보고 있었습니다. 그러고 나서 잠시 망설였습니다. 천천히, 마치 뭔가를 각오한 듯한 목소리로 말했습니다. 마지막을 예감한 것 같았습니다.

"만약, 엄마한테 무슨 일이 생기면……."

모처럼 훈훈한 기분이었는데 갑자기 마음이 식어버렸습니다. 어머니에게 무슨 일이 생긴 경우— 최대한 피하고 싶은 화제였습니다.

"그만해, 그런 얘기."

그래서 나는 어머니의 말을 차단했습니다. 하지만 어머니는 내 제지를 듣지 않았습니다.

"……불단 안에 연락처 들어 있으니까 무슨 일 생기면 그거 찾아 봐."

어머니는 다시 뜨개질에 집중하기 시작했습니다.

"슬슬 면회 시간 끝나갑니다."

라며 간호사가 병실에 얼굴을 비쳤습니다. 해는 완전히 기울었습니다.

집으로 돌아와 나는 불단 안을 찾아보았습니다. 없어도 그만이라고 생각했지만 바람도 헛되이 명함집이 나왔습니다. 거기에는 옛날에 집을 나간 아버지의 명함이 들어 있었습니다. 노랗게 바랜 옛날 명함이었습니다.

그는 장사를 하고 있었습니다. 옛날 명함에 인쇄된 이 주소에 지금도 있을까? 내가 세 살 때 어머니와 가족을 버리고 다른 여자와 마음대로 떠난 부도덕한 남자였습니다.

"이런 거, 소중히 간직할 필요 없어."

나는 명함을 구겨 쓰레기통에 버렸습니다.

5

의사로부터 얼마 남지 않았다는 말을 들었을 때부터, 어머니는 누나 얘기를 자주 했습니다.

"앨범을 좀 가져다주렴."

하고 말해서 나는 그것들을 가지고 병실로 향했습니다. 어머니가 소중히 간직해왔다는 보물 상자도 가지고 갔습니다.

파란 쿠키 틴케이스에 유치원생 시절의 누나가 그린 어머니 초상화가 들어 있었던 것입니다. 유치원생이 크레용으로 그린 것이어서, 곡선은 삐뚤삐뚤, 크레용의 원래 색깔이 무엇이었는지도 알 수 없게 되었습니다. 하지만 어머니의 소중한 물건이었습니다.

그런 식으로 누나의 추억이 깃든 물건을 조금씩 가져가게 되었습니다.

어느 날의 일이었습니다.

"저기, 부탁이 있어."

어머니의 말에 나는 얼굴을 들었습니다.

"무슨?"

그것은 겨울에 막 들어섰을 무렵의 일이었습니다. 창밖은 겨울의 흐린 하늘, 대낮이었는데도 지상은 새까맣게 변해 있었습니다.

"악보가, 어디 없을까? 누나의 악보."

순간 호흡이 정지했습니다. 누나의 악보 행방을 어머니는 모르고 있었던 것일까요. 하지만 누나가 피아노를 그만두었을 때, 나는 누나가 악보를 어떻게 했는지 알고 있었습니다.

"찾아보기는 하겠는데……."

어디에도 없을 겁니다. 특히나 아끼던 '비의 정원'을 소각로에 던져 넣던 것을 나는 보았습니다.

"……어떤 상태여도 상관없어. 좀, 보고 싶어."

어머니는 말했습니다. 혹시 누나가 어떻게 악보를 처분했는지 알고 있었던 것인지도 모릅니다.

"이게 마지막이야."

하고 어머니가 말을 덧붙여서 나는 웃었습니다.

"무슨 소리야."

그때 나는 어떻게 웃을 수 있었을까요.

어머니의 몸은 이미 오래전에 가냘프게 바싹 말라 당장이라도 사라져버릴 것 같았습니다. 앞으로 며칠, 이렇게 대화를 나눌 수 있을까. 왜 이렇게 급격히 늙어버린 걸까, 하고 생각했을 정도로 말라 있었습니다.

……그 소녀가 어머니에게 달라붙은 거라고 생각했습니다. 누나가 생명력을 잃어버렸을 때처럼 어머니의 생명력을 조금씩 빼앗고 있는 것이라고.

병실 안에 소녀의 모습은 보이지 않았습니다. 분명 소각로 안에서 무릎을 끌어안고 있을 겁니다. 하지만 아무리 대상이 멀리 있어도 개의치 않을 겁니다. 그렇게 한 번 본 인간으로부터, 소중한 것을 서서히 빼앗아가는 겁니다.

어머니를 살릴 수는 없을까?

6

스웨터가 완성되어 입을 수 있게 되었습니다. 병실에서 받은 즉시 그 자리에서 갈아입었습니다. 치수도 적당했고 감색 한 가지 색깔이라 편하게 입을 수 있었습니다.

"다행이다. 딱 맞아서."

"고마워."

봄까지 입어야겠다고 생각했습니다.

어머니의 모습은 나날이 가냘파졌고, 갈색으로 변해 갔습니다. 죽을상이라는 게 이런 걸까 하고, 나는 괴로워했습니다. 얼마 남지 않은 날들 동안 되도록 어머니 옆에 있어야겠다고 생각했습니다.

마지막을 알고 있기 때문에 갑자기 사라지는 것보다는 행복하다고 생각할 수도 있을 겁니다. 누나 때처럼 갑작스러운 사고로 변변히 작별 인사조차 못하는 것보다는 훨씬 행복하지 않겠습니까.

"소중히 입어."

"당연하지."

건강했을 때는 왠지 겸연쩍어 하지 못했던 말도 지금은

술술 나왔습니다. 어떤 사소한 말이라도 좋으니까 어머니를 아껴주고 싶다고 생각했습니다.

그렇게 조금씩이나마 거동하던 어머니를 부축할 때의 일입니다. 어머니의 안색이 급격히 변하더니 피를 토했습니다.

나는 피투성이가 되었습니다.

"엄마!"

엄마를 외치면서 나는 급히, 너스콜을 세게 연달아 눌렀습니다.

시커먼 피가 어머니 입에서 흘러넘쳤습니다. 턱을 타고, 목으로 흘러, 환자복을 검붉게 물들였습니다. 어머니의 몸이 차갑게 식어가는 것을 깨달았습니다. 어느새 이렇게 차가워진 걸까? 병실 안에 있는 어떤 무기물보다 차가운 것 같았습니다.

의사도, 간호사도 금방 찾아와 처치를 시작했습니다. 피투성이던 나는 밖에 나가 옷을 갈아입으라는 말에, 피에 젖은 스웨터를 들고 나온 종이봉투 안에 넣었습니다. 아무 무늬도 없는 하얀색의 종이봉투였지만 지질이 튼튼해서인지 피는 번지지 않았습니다.

그래서 '그것'은 밖에서 보면 단순한 쇼핑백처럼 보였을 지도 모릅니다. 어머니가 투병한 보람도 없이 돌아가셨고, 병원에서 일단 집으로 돌아가던 때의 열차 안에서 나는 그 종이봉투를 겨드랑이에 끼고 있었을 겁니다.

하지만 어딘가에서, 문득 짐을 다른 손으로 옮겨들거나 할 때 바닥에 내려놓았다던지 그런 순간이 있었을 테죠. 줄곧 상실감으로 멍해 있었으니까요.

스웨터가 든 종이봉투는 어느새 사라지고 없었습니다. 누가 훔쳐갔다고 생각했습니다. 소중히 입으라던 어머니와 의 약속을 나는 이렇게 금방 저버리고 말았습니다.

이제 두 번 다시 입을 수 없다 해도 소중히 간직하려고 했는데.

7

어머니의 화장이 끝난 후 집에 화재가 났습니다.

다행히 피해는 안채뿐이어서 별채에 있던 나는 무사했

156

지만, 어머니의 추억도, 누나의 추억도 다 안채에 있었기 때문에 거의 대부분 소실되어 버렸습니다.

하지만 전부 불탄 게 아니어서 전액 보험이 나오지 않았으므로 몹시 곤란해졌습니다. 극히 힘들었지만 나는 누구에게도 부탁할 수가 없었습니다. 친척도 없었고, 아버지의 연락처도 몰랐습니다. 내가 명함을 버렸으니까요.

어머니의 병실에 있던 누나의 유품을 가져와 안채와 별채에 나누어 놓아두었습니다. 하지만 안채가 사라졌으므로 그쪽에 있던 것은 소실되었고, 별채에 놓아두었던 것은 그대로 남아 내 생활을 압박했습니다. 힘들었지만 추억은 먹을 수 없습니다. 돈이 될 만한 것은 팔고, 팔지 못한 것은 처분했습니다.

그 사실을 눈치챈 것은 키가 커서 입을 수 없게 된 옷을 버리려 했을 때였습니다. 문득 감색 스웨터가 생각나, 아아, 그런 거였구나, 하고 겨우 깨달았던 것입니다.

그래서 나는 소각로의 소녀를 만나러 갔습니다.

달이 나와 있는, 환한 밤의 일이었습니다. 얼어붙을 것처럼 추운, 한겨울이었습니다.

꽁꽁 언 손가락으로 소각로 뚜껑을 열자 주저앉아 있던 소녀와 눈이 마주쳤습니다. 안에서 기어 나온 소녀를, 그 근처에 있던 마른 나뭇가지로 마구 때렸습니다. 소녀는 마치 살아 있는 인간처럼 피를 흘렸습니다.

나는 말했습니다.

"그러니까 넌 나한테 붙어 있었던 거였어."

그러자 소녀는 소리 높여 웃었습니다. '이제야 눈치챘어?' 하고 말하는 듯했습니다.

누나가 사고로 죽은 것도, 어머니가 죽은 것도, 내가 아버지의 명함을 버린 것도, 최종적으로는 나의 소중한 것들을 잃었습니다. 스웨터는 도둑질 당했고, 집은 불탔으며, 누나와의 추억도 흐릿해졌습니다.

나는 그런 식으로 많은 것들을 서서히 잃었던 것입니다.

즉, 그녀는 처음부터 내게 들러붙어 계속 빼앗아왔던 것입니다.

다른 누구도 아닌.

"안타깝게도 이제 내게 소중한 건 없어."

모든 것을 잃은 지금 내게는 지켜야 할 게 아무것도 없었습니다.

소녀는 아주 기쁜 듯 웃었습니다.

"정말?"

"그래."

"진짜로 정말?"

"더 이상 아무것도 없어."

다행히 나는 친구라 부를 만한 소중한 친구도 없었습니다. 가족도, 친척도 없습니다. 아버지가 어딘가에 살아 있을 가능성은 있지만 소중한 존재는 아닙니다. 어차피 어린 자식을 둘이나 거느린 어머니를 버리는 그런 남자였습니다. 소중했던 추억도 사라졌습니다. 돈도 거의 없습니다.

나는 폴짝폴짝 기쁜 듯이 뛰는 소녀를 잡고 소각로 안으로 억지로 밀어 넣었습니다. 소녀는 날뛰며, 도저히 어린 여자아이 같지 않은 힘으로 같이 밀어왔습니다. 하지만 내 힘이 살짝 더 셌습니다.

억지로 들어가면서 소녀는 계속 미소를 지었습니다.

"하지만 아직 두 손발이 있지!"

더 이상 잃을 수는 없다고 생각하면서, 뚜껑을 닫았습니다. 마른 나뭇가지를 끼우고, 낡은 밧줄이 겨우 남아 있어서 그것으로 그럭저럭 묶었습니다.

"미래도 있어. 이제부터 소중한 사람이 생길지도 모른다고!"

뚜껑 너머에서 소녀는 그렇게 말했습니다.

"그러면 소중한 사람 따위 안 만들 거야. 혼자 살 거라고. 누구에게도 피해 주지 않을 거야. 그러면 돼."

다행히 모든 것을 잃기만 했습니다. 내가 웃자, 뚜껑 너머가 조용해졌습니다. 그때 밧줄에 하얀 끈이 묶여 있다는 걸 깨달았습니다. 다 낡은 종이가 끈 모양을 하고 고른 간격으로 달려 있었습니다.

어떤 것을 봉인했다는 증거인지도 몰랐습니다.

봉인은 해제돼서는 안 되는 것일 테죠.

뚜껑 너머에서 소녀가 모질게 말을 뱉어냈습니다.

"이건 저주야."

얼마 안 있어 나는 집 부지를 전부 매각했습니다. 시골 땅이어서 얼마 되지 않았지만 약간이나마 목돈이 생겼습니다.

소각로도 철거할 예정이었습니다. 하지만 잔해에서 소녀의 뼈가 나와 철거는 중지되었고, 한동안 나는 경찰에 불려 다니는 신세가 되었습니다.

하지만 조사하는 동안 그 뼈가 아주 오래전에 묻혀 있었던 것임을 알게 되었습니다. 소각로를 짓기 전에 세워져 있던 뭔가의 제물이었던 것으로 판단되었습니다. 그런 조사들 때문에 건물을 지을 예정이었던 부지는 줄곧 아무렇게나 방치된 상태가 되었습니다.

제물— 아주 먼 옛날이라고 했으니까 그럴 수도 있었을 겁니다. 하지만 제물이 되는 건 그 소녀 자신도 바란 건 아니었을 테죠.

다른 사람에 의해 부당하게 미래를 잃어버린 소녀를 생각하면 슬픕니다. 원한을 품고 있었다 해도 어쩔 수 없는 일일지도 모릅니다.

복수에 휘말린 쪽 입장에서는 안타까운 일이겠지만, 소녀에게 복수의 불꽃을 태울 수 있는 최초의 불을 붙여준 것은 우리 쪽일 테니까요.

처음 소녀의 모습을 보았을 때, 나는 소녀의 말은 전혀 듣지 않고, '빨리 닫아.' 하고 소리쳤었습니다. 아마도 그때, 그녀는 나를 미워하게 되었을 것입니다.

이를테면, 분명 외로웠을 소녀의 말에 조금이라도 귀를 기울여줬더라면……. 뭔가가 바뀌었을까요? 기분 나쁜 것으로부터 도망치지 않고 정면으로 받아들였더라면, 약간은 희망이 남았을까요?

소각로 밑바닥에서 무릎을 끌어안고 누웠을 때— 어둠 속에 있던 소녀의 눈동자에 빛이 보였을까요? 나는 그림자를 볼 수 있게 되었습니다. 그녀처럼 원한을 품은 사람이 누군가를 미워하는 모습이 오싹한 '그림자'가 되어 보이게 된 것입니다.

앞으로 나는 어떻게 하면 그녀의 저주를 피할 수 있을까요? 나한테 소중한 것을 만들지 않고, 그러면서 누군가를 소중히 여길 수 있을까요?

그나마 어둠 속에 있으면 그림자의 위협을 받지는 않습니다. 하지만 계속 불행해지고 원한의 그림자를 볼 거라는 저주……. 거기에 굴복해버릴 것 같습니다.

미래는 결코 알 수 없습니다.

하지만 아직 살아 있습니다. 아직 이 마음만은 남아 있습니다. 저주를 풀 날이 언젠가 올지도 모릅니다. 계속 걸어가다 보면 언젠가는 이를 테죠.

그때까지 부디, 내게 소중한 것이 생기지 않기를.

감
옥

1

내가 눈을 뜬 것은 새까맣게 어두운 장소였습니다. 엎드린 상태에서 의식을 잃었던 것입니다.

의식은 급속히 회복되었습니다. 충분한 수면을 취했기 때문인 것 같았습니다. 아마도 무척이나 오랫동안 잔 것 같았습니다.

여기는 어디지, 하고 생각했습니다.

모든 것이 새까맸습니다. 바닥은 썰렁하면서 딱딱하여, 한참을 잤는데도 몸이 아프지 않은 게 신기했습니다. 손을 더듬어 바닥을 만져보았지만 아무것도 보이지 않았습니다. 바닥도, 내 손도.

그만큼 짙은 어둠이었습니다. 내 자신의 육체조차 분간할 수 없을 만큼 영원한 어둠 속에서 나는 잤습니다.

고개를 들었습니다. 그런 암흑 속에서는 어느 쪽이 위고, 어느 쪽이 아래인지도 분간하기 어려울 것 같았습니다. 새까만 바닥만이 확실했습니다. 육안으로는 인식할 수 없었지만 감촉이 있었습니다. 이 신기한 세계에도 지면이라는 개념이 있구나…….

나는 일어나 '누구 없나요?'라든가 '여기는 어딘가요?' 하는 말을 입으로 옮기면서, 터무니없이 이상한 공간을 이리저리 걸어 다니기 시작했습니다.

하지만 이 세계에, 흔히 말하는 끝이 없다는 것과 타자의 부재를 곧바로 깨달았습니다. 내가 갇힌 곳은 현실에는 없는 장소였던 겁니다.

내가 죽었다는 사실을, 문득 떠올렸습니다. 가야 할 곳을 잃었다는 초조함이 몰려왔습니다.

하지만 계속 방황하는 동안 희망을 찾았습니다. 짙은 어둠 속에서 오도카니 나타난 창문 같은 사각형의 틀이 나를 안심시켰습니다. 반투명의 창문 너머에 어떤 광원光源이 있어 창문 전체가 부드럽게 환한……. 그런 상태였던 것입니다.

나는 그것을 빛의 창이라고 불렀습니다.

그리고 희미한 빛에 의지하듯 옆으로 가 주저앉은 뒤,
창을 이따금 들여다보며 시간을 보내게 되었습니다. 여기
는 참으로 마음을 진정시켜 주는 곳이었습니다.

빛의 창 너머에 흐릿하게 사람이 보였습니다. 누군가가
있는…… 기척이 났습니다.

얼굴을 가까이 대고 눈을 크게 떠 보니 작은 여러 아이
들이 손을 씻고 있는 모습이 보였습니다. 창은 유치원 같
은 곳 화장실에 구비되어 있는 거울임을 나는 눈치챘습니
다. 맞은편에 누군가가 존재하고 있다는 희망에 나는 얼마
나 구원받은 기분이었는지 모릅니다.

하지만 희망은 곧바로 산산조각이 났습니다. 언젠가, 창
너머가 아무것도 보이지 않게 되었던 것입니다. 빛도 안 들
어와, 정말 희미한 축광테이프축적한 빛을 어둠 속에서 발산하는, 암전
시 사용하는 표시 테이프.—역자 주 정도로 바뀌고 말았습니다. 빛은
급속히 힘을 잃었던 것입니다.

혼자만 있으면 쓸쓸하기 그지없습니다. 금방이라도 꺼져
들 것 같은 창에 매달려 나는 눈물을 흘렸습니다.

아무도 없는 세계에서, 누구라도 좋으니까 누군가의 기척을 느끼고 싶었던 것입니다. 그런데 왜 멀어져버린 걸까요. 무엇이 잘못된 걸까요. 굶주림마저 느꼈습니다.

바람도 허무하게 결국 창의 빛은 더욱 흐려져 갔고, 마침내 사라지고 말았습니다.

의지할 데가 없어진 나는 할 수 없이 다시 걸었습니다. 앞으로 나아가기만 하면 분명 어떻게든 될 거다— 하는 근거 없는 자신감만 가슴속에 가득했습니다.

다음 창을 발견했습니다.

이번에는 어떤 회사의 화장실이었습니다. 그 제일 안쪽에 있는 창이었습니다. 이쪽에서 보면 창이지만, 저편에서 보면 거울인 것은 예전과 마찬가지였습니다.

매직미러로 보는 광경에 흥미를 갖는다는 것은 꺼림칙한 일이었지만 아름답게 화장을 하는 여성들이 다양한 표정을 보여주는 것에 나는 긴장했고, 약간 즐거웠습니다.

하지만 그런 날들도 오래 지속되지 않았습니다.

마치 거울에 벽지를 발라버린 것처럼 보이지 않게 되었던 것입니다. 벽지에 '사용 금지'라는 글자가 적혀 있는 게,

안쪽의 내게도 보였습니다. 아마도 거울에 뭔가 이상이 생겼을 테죠.

잠시 동안 벽지의 희미한 틈 사이로 오가는 사람들의 모습을 바라보았지만, 어느 날 갑자기 창이 사라지고 말았습니다. 거울을 떼어 내는 게 얼핏 보였으니 아마도 철거하는 모양이라고 생각했습니다.

안타까웠지만 나는 다시 걸으며 창을 찾았습니다. 없어져도 찾으면 다음 것을 발견할 수 있다는 걸 알았습니다.

다음번 창을 보았습니다.

아마도 옷가게인 듯, 이번에는 탈의실의 전신 거울이었습니다.

창의 사이즈가 달라졌고, 상당히 커졌습니다. 내 키만 했습니다. 어슴푸레한 빛 너머로 남자들이 번갈아 들어와 청바지를 입기도, 벗기도 하는 모습이 비쳤습니다. '……여성용 탈의실 거울이 아니어서 다행이다.' 하고 진심으로 생각했습니다. 만약 그랬다면 너무 찜찜했을 겁니다.

하지만 그런 날들도 지속되지 않았습니다.

나는 창가에 거의 기댈 듯 주저앉아 있었습니다. 무릎을 끌어안고, 창에 이마를 댄 채 '맞은편'을 바라보고 있었습니다.

그러자 신기하게도, 이따금 맞은편에 있는 사람과 시선이 마주쳤습니다. 물론 전혀 이쪽을 보지 못하는 사람도 있었습니다. 하지만 정말로 이따금, 이쪽을 보는 사람이 있었던 것입니다. 그리고 표정이 어두워지며 시선을 돌렸습니다.

그런 일이 자주 있었습니다.

한동안 높으신 분인 듯한 남자가 왔습니다. 그리고 이쪽을 손가락질했습니다.

몇 시간 후, 창의 빛은 극히 흐려졌습니다.

나는 그제야 이해했습니다.

어둠 속에 갇힌 나는 어떻게든 맞은편의 빛을 느끼고 싶어 필사적이었습니다. 창에 가까이 기대 온도를 느끼려 했습니다. 하지만 내 행위를 맞은편 사람들은 좋아하지 않았을 겁니다. 오히려 멀리하고 싶은 존재였음에 틀림없습니다.

몸을 너무 밀어붙인 결과, 어느새 내 이마는 창에 달라붙고 말았습니다. 필사적으로 손으로 밀어 이마를 떼어

냈습니다. 너무 찰싹 붙어 있었기 때문인지, 떼어 낸 후에
는 피가 묻어 있었습니다.

겨우 창에서 떨어진 나는 빛이 남아 있는 창을 돌아보
지 않기 위해 걷기 시작했습니다.

하지만 다음엔 무엇을 목표로 하면 좋을지 알 수 없었습
니다. 알 수 없었지만 그래도 걸을 수밖에 없었습니다.

2

그녀의 존재를 깨달은 것은 몇 개인가의 창을 지나친 후
였습니다.

사실 그녀의 얼굴은 본 적이 있었습니다.

제일 처음 발견했던 유치원 거울에 비쳤던 여자아이였던
것이죠. 내가 창에서 창으로 옮겨가는 동안 그녀는 유치원
생에서 초등학교 고학년까지 성장했습니다. 그런 귀여운
여자아이를 못 알아볼 리 없죠. 오랜만에 보면서, 마치 옛
날부터 알고 있었던 것 같은, 부모의 마음 같은 기분을 품
고 말았습니다.

이번에는 '맞은편'에서 눈치채지 못하도록, 기분 나쁘지 않도록 세심한 주의를 기울였습니다. 최대한 창에서 떨어져 거리를 두었고, 아주 살짝 비치는 그녀의 모습을 겨우 빛이 닿는 거리에서 가늘게 뜬 눈으로 보았던 것입니다.

그녀는 막 이사한 집에서 살고 있었습니다. 내가 있는 곳은 그녀의 방에 있는 전신 거울이었습니다. 그녀가 없는 시간대에 다른 사람이 나타날 일은 일단 없었습니다. 그래서 거리낌 없이 방에 없을 때는 창에 바싹 기대었고, 있을 때는 되도록 멀리하려고 조심했습니다.

그럼으로써 그녀는 이 전신 거울에서 기분 나쁜 그림자를 느끼는 일 없이, 일상을 보낼 수 있으리라 생각했습니다. 그리고 나는 여기가 본래 도달해야 할 곳이 아니었다 해도 날개를 쉴 나무를 발견한 듯한 심정이 되었습니다.

안도감 때문이었을까요. 나는 내가 어디에서 왔고, 어떤 사람이었으며, 어디로 가고 있는지, 하는 주제들에 대해 이리저리 생각하게 되었습니다.

우선 '어디에서 왔는지'에 대해 생각하자면, 간단히 말해 나는 '몸이 여기저기 흩어져 죽은 유령'이었습니다. 시간이

경과함에 따라 서서히 생각났던 것입니다.

이마가 창에 달라붙어 버린 것은 차바퀴에 깔렸을 때 이마가 패어 평평해졌기 때문입니다. 뭔가가 빠직 하고 소리가 난 순간 의식이 끊겼던……. 그 마지막 기억을 나는 떠올렸습니다. 죽음이 폐쇄 공간으로 가는 입구였음을요.

창에 매달려 있었던 것은, 내 입장에서 보자면 희망의 빛을 최대한 접촉하고 싶다는 일념으로 그런 것이었지만, 살아 있는 사람의 입장에서 보자면 터무니없는 공포였을 겁니다.

나와 눈이 마주친 몇 명의 사람에게는 이렇게 비쳐졌을 것입니다. 거울 너머로 피투성이 사람이 보인다……, 고 말이죠.

유치원이나 직장 화장실 거울, 탈의실……. 목격자의 트라우마가 상상이 되어 나로서는 몹시 미안한 심정이었습니다. 만약 내가 맞은편에 있었다면? 오싹할 겁니다, 이런 악령은.

나는 비로소, 내게는 '이 세상에 대한 미련'이 있는 것인지도 모른다는 생각에 이르렀습니다. 자각은 없었지만 뭔가 강렬한 집착이 있기 때문에 천국도 지옥도 아닌 이런 암흑 속에 갇혀 있는 게 아닐까.

하지만 어떤 미련인지는 짐작 가는 게 없었습니다. 기억이 유실되었기 때문일 테죠.

빨리 미련을 생각해 내지 못하면……. 이대로는 나갈 수 없을 겁니다.

그녀의 성장을 지켜본다는 것은 아무런 의미도 없었지만 이 생활은 기분을 좋게 했습니다. 하지만 또 오래 지속되지는 않았습니다.

내가 원인은 아니었습니다.

어린 시절에 부모님을 교통사고로 잃은 그녀는 친척들 집을 전전하던 끝에, 원래 있던 집도 그들 마음대로 팔아 버려 결국 가난한 먼 친척 부부의 집으로 쫓겨나 있었습니다. 부모님이 들었던 생명보험과 유산 등을 그녀에게서 전부 빼앗았다는 목소리가 희미하게 들려와 나는 분개했습니다.

그녀는 그 무렵 중학생이 되어 있었지만 설령 철든 나이였다고 해도 좀처럼 어른들과는 싸울 수 없었을 겁니다.

어찌 손써볼 수 없는 그녀에게 온갖 재난이 닥친 것은

어느 겨울이었습니다. 그녀의 귀가 시간이 되자 나는 전신 거울에서 멀리 떨어졌습니다. 하지만 그보다 이른 시간에 방으로 다른 누군가가 들어왔던 것입니다.

처음 보는 남자였습니다. 극히 아무렇지 않게 문으로 들어와 그대로 앉더니, 방 안을 둘러보기 시작했습니다. 나는 이맛살을 찌푸리며 동향을 감시했습니다.

남자는 옷장 서랍에서 속옷을 꺼내기도 하고, 침대에 눕기도 했으며, 책상 서랍에서 그녀가 쓰고 있던 일기를 꺼내 찬찬히 읽어보는 등 제집 안방처럼 행세했습니다.

곧 그녀가 돌아왔습니다.

"……뭐 하고 있는 거죠?"

그녀의 목소리는 떨리고 있었습니다.

남자는 그녀보다 스무 살 정도는 더 많았을까요? 침대 위에 앉아 있다가 그녀를 보고 일어섰습니다. 음흉한 미소를 짓고 있었습니다. "나가 주세요." 하고 그녀는 단호히 말했지만 남자는 웃기만 했습니다. 그리고 다음 순간, 그녀의 한쪽 팔을 붙잡고 쓰러뜨려 침대 위로 끌어 올리려 했습니다.

그녀는 필사적으로 저항했습니다.

"그만두세요!"

주변에 있던 물건을 손에 닿는 대로 마구 던져 남자의 손길을 뿌리치려 했지만 남자가 잡은 팔을 비틀었습니다.

비통한 절규가 울려 퍼졌습니다. "얌전히 있어.", "미리 양해는 구했어." 하고 남자는 말했습니다. 마치 승리 선언이라도 하듯…….

그녀는 고개를 숙이고 모든 것을 체념한 상태가 되었습니다. 남자는 만족한 듯 그녀를 침대로 끌어 올렸습니다.

아름다운 소녀를 유린하려는 야비한 짐승의 모습에 나의 분노는 어느새 정점까지 도달했습니다. 나는 창에 이마를 문지르며 흐릿한 유리의 장벽을 피투성이 주먹으로 쿵쿵 두들겼습니다.

그녀 위로 올라타려던 남자가 문득 고개를 들었습니다.

그리고 내가 있는 전신 거울을 보았습니다.

"뭐야?"

남자는 기분 나쁜 듯 일어나 이쪽으로 다가왔습니다.

뭔가 소리가 들려서 그 출처를 확인하려는 모양이었습니다.

굵은 다리로 거울을 걷어찼습니다. 나는 그 다리를 잡으려고, 빛의 창을 나가려고 했습니다. 그렇게 되지는 않았지만— 남자의, 겁먹은 목소리가 들렸습니다.

창에는 큰 손자국이 묻어 있었습니다.

즉, 그것은 피 묻은 내 손바닥 모양이었습니다.

남자는 손자국을 보고 "뭐야, 이거……." 하고 중얼거렸습니다.

그러는가 싶더니, 갑자기 풀썩 하고 쓰러졌던 것입니다.

남자가 쓰러진 후에 비친 광경을 보고, 이해했습니다.

이 방 주인인 그녀가 학교에서 사용하는 듯한 두꺼운 사전을 두 손에 들고 하염없이 서 있었던 것입니다. 그리고 의식을 잃은 남자의 목이 으스러질 때까지 그녀는 계속 내리쳤습니다. 목이 으스러진 후 사전을 떨어뜨렸습니다.

실 끊긴 마리오네트 인형처럼 주저앉았습니다.

그녀는 얼굴을 들고 이쪽을 보았습니다. 죽은 남자가 볼을 잡아당긴 듯 단정한 입술에서는 피가 흐르고 있었습니다. 눈물 자국과 부어오른 눈두덩, 그래도 맑고 사랑스러운 눈동자였습니다. 가까이에서 보는 그녀는 아름다운 용모를 하고 있었습니다. 찢긴 의복을 수습하면서 계속해서 흘러넘치는 눈물을 닦았습니다. 갑자기 벌어진 사태에 혼란스러워하는 듯 보이기도 했습니다.

"괜찮아."

나는 말했습니다.

대체 뭐가 괜찮다는 건지, 아무래도 상관없이 그저 이 슬픈 소녀에게 뭐라고 한 마디, 말을 건네주고 싶었던 것입니다.

지금까지 말을 건넨 적은 한 번도 없었습니다. 숨소리도 조심하며 그녀에게 보이지 않도록 했으니까요.

오늘 밤, 내 목소리는 닿았습니다. 그녀는 아무 말도 하지 않았습니다.

나는 다시 한번 말했습니다.

"괜찮아. 도와줄게. 힘이 되어줄게."

3

황금색 달이 떠 있는 밤이었습니다.

커튼 사이로 금화처럼 빛나고 있는 동그란 달이 덩그러

니 밤하늘에 떠 있는 게 보였습니다. 바람 소리 하나 없을
만큼 사위는 정적으로 감싸여 있었습니다.

"사체를 묻자."

나는 그렇게 제안했습니다. 그녀를 무섭게 만들지 않도
록 거울의 피 묻은 손바닥 자국을 필사적으로 닦으면서,
나는 이어 말했습니다.

"제발 무서워하지 마. 나는 네 편이야……."

내 존재의 불가사의함에 대해 어떻게 말해야 좋을지 알
수 없었습니다. 나라는 존재 자체가 이해의 범주 밖에 있
을 것이고, 게다가 사실 그녀의 어린 시절을 알고 있는 등,
저쪽 세계 사람인 그녀로서는 당연히 무서웠을 테죠.

그녀는 한숨에 실어 작게 중얼거렸습니다.

"마침내 죽여버렸어."

나를 무서워하는 기색도 없이 담담했습니다.

"마침내?"

나는 슬쩍 물어봤습니다.

"응. ……머릿속으로 무지 연습했거든. 이 사람이 접근해
올 거라는 건 알고 있었으니까, 어떡하든 피하자 싶어서."

그녀는 나와 대화하는 것을 전혀 겁내는 것 같지 않았습

니다. 마치 보통 사람을 대하듯 말을 주고받았습니다.

그녀의 얘기에 따르면, 친척인 이 남자는 그녀를 성폭행하려 했기 때문에 예전부터 조심하고 있었다는 등, 자기편은 아무도 없어서 자기방어를 할 수밖에 없었던 모양이었습니다. 그러다 결국 위험해지면 맨몸으로 도망칠 수밖에 없을 거라고도 생각했다고 합니다.

도망칠 계획, 고소할 계획, 살해할 계획 등 다양한 방법을 그녀는 늘 생각하고 있었던 것이죠.

설마 최악의 패턴이 되리라고는 생각지 못했다…… 고, 그녀 자신도 놀라고 있는 듯했습니다. 하지만 사태가 이토록 급박했으니, 선택지는 그리 많지 않았을 겁니다. 자신이 포기하든가, 이 남자가 자신을 포기하게 만들거나 둘 중 하나가 되고 말았죠.

"왜 이렇게 됐을까……? 처음에는 나도 이 사람을 '오빠'라고 불렀고, 나를 누이동생처럼 생각했을 텐데……."

그녀는 끌어안은 무릎에 이마를 문지르며 불쑥 말했습니다.

자수하면 그녀의 죄는 가벼워질 겁니다. 틀림없이 살인 사건이긴 하지만 중죄에 처해질 것 같지는 않았습니다. 정당방위를 인정받지 않을까요?

물론 경력에 흠집이 남는 건 부인할 수 없습니다. 실제로 한 사람의 생명을 빼앗은 것입니다. 설령 자신의 몸을 지키기 위해서라고 할지라도 그녀는 앞으로 이 사실에 손가락질당하고 추궁당한 나머지 피폐해질 겁니다. 어떤 사연이 있었다 해도 모든 사람들이 반드시 동정해줄 거라는 보장은 없습니다.

이런 남자 때문에 그녀의 인생이 엉망이 되는 건 허락할 수 없습니다.

그녀의 미래와 이 남자의 목숨을 저울에 올리면 이 남자의 무게는 어느 정도나 될까요?

나는 말했습니다.

"지금부터는 할 수 있는 것만 하자. 괜찮아. 사체가 발견되지 않으면 살인 사건으로 보지 않을 거야."

그녀의 계획은 '죽인다'는 것까지였고, 그 이후의 일은 생각하지 못했을 겁니다. 현실의 시나리오로서는 충분하지 못합니다.

다행히 오늘 밤, 집에는 그녀 혼자였습니다.

"아저씨와 아주머니는 일주일 동안 안 와."

"응, 다행이지."

"······아마, 오지 않을 테니까 마음대로 하라고 말했던 것 같아."

그녀에게는 '보호자'가 없다는 걸 알았습니다. '자기편이 없다'고 그녀 자신도 말했습니다. 지켜줄 사람이 없는 것입니다.

"그건 마치 산 제물 같네."

"나는 필요 없는 아이니까."

그녀는 쓸쓸하게 말했습니다.

"······이 남자는 보통 뭘 하지?"

"글쎄. 일도 좀 하는 것 같긴 한데, 그래도 빈둥거리다가 불량스러운 사람들과 어울려서 친척들이 걱정했던 것 같아. 나를 손에 넣으면 안정될 거라고 본인이 말했기 때문에 이런 기회를 준 게 아닐까 싶은데······."

그건, 정말 산 제물이잖아······.

"나도 사고 때 부모님과 같이 죽었으면 좋았을 텐데."

그녀는 애처로운 미소를 지었습니다. 분명 그녀는 늘 주위 사람들에게 그런 식으로 취급되었을 겁니다. 슬퍼져서 나는 사체 쪽으로 시선을 돌렸습니다. 지금은 감상적이 되는 것보다 먼저, 해야 할 일을 할 시간입니다.

"평소 품행이 안 좋았다면 행방불명이 될 수도 있을 거야……."

"가끔 훌쩍 사라지는 경우도 있었어."

그러면 사체를 정리만 하면 사건이 발각되는 것을 늦출 수 있습니다.

궁극적으로 살인을 사건으로 수사하는 이유는 살해당한 사체가 발견되기 때문입니다. 발견을 가정하고 사체를 자살 등으로 위장해도 반드시 부작용이 생깁니다. 하지만 사체만 발견되지 않는다면 사건은 사건으로 취급되지 않습니다. 공개되지 못하게 어둠 속에 묻어버리는 겁니다.

그를, 그저 단순히 '사라진' 것으로 하기로 했습니다. 행방불명이 된 것뿐이라면 실종 신고만 하고 일단 끝입니다. 미성년자가 아닌 한 평소 품행이 안 좋았던 성인의 경우에는 그냥 증발해버릴 수도 있으므로…….

그녀를 데려온 친척은 일주일 동안 오지 않을 겁니다. 일주일이나 유예 기간이 있다면 인간 한 명분의 사체 정도는 처리할 수 있습니다.

다만 그녀 혼자 처리해야 한다는 점이 마음에 걸렸습니

다. 이 남자는 다른 사람을 덮칠 만큼 몹시 덩치가 컸고 그래서 무게도 꽤 나갈 것 같았습니다. 도저히 운반해 나갈 수 없을 겁니다.

"할 수 있겠어? 괜찮아?"

나는 창에 손을 대고 건너편에 앉아 있는 그녀를 걱정했습니다. 다 처리하고 나면 그녀의 정신은 피폐해질 겁니다.

그녀는 고개를 들어 이쪽을 바라보았습니다. 그리고 거울 쪽으로 몸을 가져왔습니다. 처음으로 웃는 얼굴을 보여주었습니다. 그녀의 웃는 얼굴을 보는 것은 처음일지도 모르겠습니다.

"친절하구나."

내가 창에 손을 대면, 비치는 것은 손자국입니다. 그녀 입장에서 보자면 사실 공포 체험일 수밖에 없겠죠.

그런데도 그녀는 이쪽을 무서워하지 않았습니다. 거울에 손을 가져다 댔습니다. 창 너머로 손가락이 닿아 왠지 모르게 따뜻한 기분이 들었습니다.

놀랍게도 그때 나는 거울 안에서 저편 세계로 나갈 수 있었습니다.

4

정신을 차리고 보니 그녀의 모습으로 변해, 전신 거울 앞에 기대어 앉아 있었습니다. 거울 아래쪽에는 엄청난 양의 피가 튀어 있었고, 그것이 점점이 부착되어 있었습니다. 숨이 끊어져 있는 남자의 몸에서 흘러나온 것이었습니다.

거울 '맞은편'에는 본래 있을 수 없는 피 묻은 손자국이 선명하고 크게 생겨나 있었습니다. 상상한 대로 '여기에서 나가게 해줘' 하고 말하듯이 공포 그 자체의 양상을 드러내고 있었습니다.

그것은 틀림없이 내 손자국이었습니다.

이 갑자기 벌어진 '교체'에 그녀가 불안을 느끼지 않도록 나는 부드럽게 타일렀습니다.

"사체를 정리하고 꼭 돌아올게."

'맞은편'으로 돌아왔기 때문일까요. 지금까지 희미하던 기억이 조금씩 살아나기 시작했습니다. 그 기억을 확인하고 싶었지만 지금의 내게는 할 일이 있었습니다.

사체 처리입니다.

만약 '그녀 본인'이 지금부터 사체를 처리할 경우, 수많

은 곤란이 기다리고 있을 겁니다. 주로 정신적인 문제겠
죠. 내가 정리하는 편이 깔끔하게 처리할 수 있을 것 같았
습니다. 나는 그녀보다 어른이고, 남자입니다. 정신적으로
도 성숙할 겁니다. 피는 여자 쪽이 더 익숙하다고 들었지
만 나도 그리 어색하지는 않습니다. 무엇보다 죽은 남자와
는 일면식도 없습니다.

고맙게도 그녀는 이해해주었습니다. 내 말을 믿어주었습
니다. 그리고 "고마워." 하고 작게 말했습니다. 하지만 고
맙다고 말한 것치고는 약간 슬픈 울림이 깃들어 있었습니
다. 너무 피곤하고 피곤해 녹초가 돼버린 가냘프고 불안
한 목소리였습니다.

"거기는 어두우니까 잠시 자고 있어도 돼."

나는 애써 밝게 말했습니다.

"응. 오랜만에 아무한테도 방해받지 않고 잘 수 있을 것
같아."

그녀는 웃었습니다. 하지만 나는 웃을 수 없었습니다. 현
실 세계에서 잘 수 있는 곳이 없는 그녀가 가엾어서 견딜
수가 없었습니다. 대체 그녀는 얼마나 불행한 인생을 살아
온 것일까요.

내가 방황한 영원 같던 어둠 속에서 자는 것이 그녀에게 는 찰나의 안식이라니.

"잘 자."

작은 대답이 돌아온 후 나는 곧바로 일을 처리하기로 했습니다. 소매를 걷어붙이고, 팔짱을 낀 채 남자를 내려다보았습니다.

시작해야만 합니다.

집 안을 뒤져 오래된 시트를 찾아냈습니다. 안성맞춤의 것이었습니다. 시트로 남자의 온몸을 빈틈없이 감쌌습니다. 머리카락과 피가 바닥에 묻지 않도록 꼼꼼히 만 후, 복도 쪽으로 굴렸습니다. 변변히 걸을 수도 없게 된 남자를 있어야 할 곳으로 이동시키는 것입니다.

굴리는 동안 알게 된 사실이지만 남자의 몸은 상상했던 것보다 훨씬 무거웠습니다. 이런 거구의 남자에게 폭행을 당한 그녀의 공포를 생각하자, 가슴이 찢어질 듯했습니다.

남자는 재수 없게 죽고 말았지만 거기에 동정의 여지 따위는 없습니다. 애당초 이 집에 오지 않았더라면, 사악한 감정을 품지 않았더라면 지금도 잘 살고 있었을 겁니다. 모든 것이 자업자득이었습니다.

하필 그녀의 방은 2층에 있었기 때문에 남자를 1층으로 내려놓는 작업은 극히 어려웠습니다.

구불구불한 계단으로 내리려 했지만 벽에 맞닥뜨려 꼼짝도 하지 않았으므로 초조한 마음에 발로 걷어찼더니, 데굴데굴 굴러 떨어져 나는 약간 당황했습니다. 역시 성급해서는 안 됩니다.

걷어차는 바람에 계단 맨 아래까지 떨어진 남자는 목과 어깨와 발목이 이상한 방향으로 꺾여버렸지만, 뭐, 기분 문제입니다. 바닥에 피가 튀거나 흘러내리지 않아서 다행이었습니다.

1층에 도착했을 무렵에는 나는 땀으로 범벅이 되어 있었습니다. 머리와 이마에서는 땀방울이 송글송글 맺혔다가 볼을 타고 내려, 온몸이 물에 빠진 생쥐 꼴이었습니다. 피 묻은 옷을 벗고 나체가 되자, 체력이 다 떨어져 축 늘어졌습니다. 육체는 그녀의 것이었으므로 체력이 없었던 것입니다.

하지만 멈출 수는 없습니다. 이 밤은 길지 않습니다.

5

"안녕."

전신 거울 앞에 서서 나는 말했습니다. 어느새 피 묻은 손자국은 사라지고 없었지만 거울 아래쪽에 누군가가 기대고 있는 듯한, 그런 기척만이 싸늘하게 느껴졌습니다.

이쪽 목소리를 듣자, 곧바로 잠자던 숨소리가 그치고 기지개를 켜는 듯 움직이는 소리가 났습니다. 모습은 볼 수 없었지만 맞은편에 그녀가 있는 것입니다.

"안녕. 지금 몇 시지? 엄청 많이 잔 것 같은데……."

"벌써 사흘 지났어. 지금은 아침 아홉 시."

"사흘이나 잤구나, 나."

그녀의 목소리는 놀라움으로 가득했습니다. 나도 그런 기억이 있는데, 어둠의 세계에서 시간의 흐름이라는 건 몹시 애매한 것입니다. 긴 쪽잠 속에 있는 듯한 느낌인데 순식간에 날들이 지나가 버리는 거죠.

"전부 끝났어. 이제 괜찮아."

내 정신력은 제법 소모되었지만 최대한 사체가 발견되지 않도록 노력했습니다.

사체 처리는 지극히 힘들어서 역시 내가 대신하기를 잘했다고 생각했습니다.

집 주소를 확인해본 결과, 생전에 내가 살던 곳과 가까웠던 게 행운이었습니다. 지리가 익숙했던 겁니다. 예전에 가본 적 있는 폐가의 낡은 우물 속에 사체를 던져 넣고, 문득 생각난 약제를 구입하여 우물에 섞고 나서 석탄과 흙으로 메운 후, 부지 안에 있던 망가진 소각로에 증거 일체를 태워버린 것뿐이지만요.

집으로 돌아와 청소를 하고 모든 증거를 모두 처리한 게 오늘 아침이었습니다.

"대신해줘서 고마워. 정말 고마워."

"으응. 신경 쓰지 마."

"여기에서 쪽잠을 자는 동안 나, 생각했어. 당신은 누굴까? 나의 무엇이지? 혹시 나의……."

그녀의 말을 나는 차단했습니다. 무슨 말을 하려는지 왠지 알 것 같았습니다.

"아니, 나는 너하고는 아무 관계도 없어."

나는 전신 거울에 손가락을 갖다 댔습니다.

"곤란에 처한 사람을 그냥 놔둘 수 없었을 뿐이야."

순간, 세계가 교체되었습니다. 엷은 빛이 들이치는 창에 손을 댄 피투성이 남자가 내 진짜 모습이었습니다. 창 너머로 말을 건넸습니다.

"혹시, 내가 모르는 그 남자의 뭔가가 집 안에 남아 있을지도 몰라. 조심해서 증거를 인멸하고 누구도 눈치채지 못하도록 해."

"네."

그녀는 얌전히 고개를 끄덕였습니다.

그리고 전신 거울 앞에서, 모습을 감췄습니다. 이틀이나 결석해버린 학교에 갈 거라고 생각했습니다.

방문을 닫기 전에 작은 목소리가 들렸습니다.

"내 아빠가 아닐까 생각했어. 하지만, 아니었구나."

나는 묵묵히 있었고, 문은 닫혔습니다.

타앙 하는 소리가 들린 후, 텅 빈 방을 바라보며 희미한 빛에 나를 기대었습니다.

"아니야. 아니야. 나는……."

기억의 조각은 이미 다 갖춰지고 제자리를 찾았습니다. 나와 그녀의 인연은 단 하나였습니다. 하지만 가족은 아니었습니다. 그녀에게는 떠올려서는 안 될 과거입니다. 모든 것을 봉인하고 나는 다시 걷기 시작했습니다.

6

다음에 그녀를 만난 것은 그로부터 몇 년이나 지난 후의 일입니다.

나는 그 남자를 처리하고 나서 그녀에게서 일단 떨어졌습니다.

그녀가 비치는 빛의 창을 떠나, 다시 끝없이 어두운 세계로 나아갔던 것입니다. 물론 애써 찾은 의지의 장소를 떠나는 것은 아까웠습니다. 하지만 이 이상 그녀 옆에 계속 머무를 수는 없었습니다. 내가 그녀 옆에 있는 것은 좋지 않다고 생각했기 때문입니다.

다시 아무것도 보이지 않는 세계로 돌아왔습니다.

걷고 있자니 피곤하지는 않더라도, 이따금 주체할 수 없는 절망적인 기분이 들었습니다. 나는 어쨌거나 죽었을 텐데 어둠에 갇혀…… 언제 끝날지도 알 수 없는 노정을 생각하니, 그 자리에 그냥 무릎 꿇고 싶어졌습니다.

그렇다고 잠시 쉬면서 생각해보자고 멈춰 서면, 바로 그 순간 공포가 밀려옵니다.

지금 눈을 뜨고 있는지, 아니면 감고 있는지조차 알 수 없습니다. 죽은 상태라 해도, 의식은 대체 언제 끝나는 걸까. 긴 악몽을 꾸고 있는 것이라 해도, 대체 언제쯤 해방될까…….

숨이 막혀와 나는 어쩔 줄 몰라 하다가— 다시 걸었던 것입니다. 멈춰 설 수는 없습니다. 앞으로 계속 나아가야만 합니다. 언젠가 안식의 땅에 도착할 거라고 믿으면서.

다행히도 창은 곳곳에 존재했고, 하나를 떠나도 다음 창이 조금만 걸어가면 나타났습니다.

하지만 바깥쪽에서 내가 어떤 상태로 보이는지 알고 있었기 때문에 최대한 가까이 가지 않으려고 조심했습니다. 빛에 빨려 드는 나 자신을 꾸짖으며, 적당히 거리를 두었던 것입니다.

얇은 격벽 맞은편에 지금도 누군가 살아 있는 사람이 있다는 것은 작은 행복이었습니다. 하지만 오래 머물 수는 없었으므로 다시 걸었습니다. 언제 끝날지도 모르는 정처 없는 여행을 말이죠. 절망을 끝낼 수 있는 수단을 생각하면서.

　몇 개의 창을 지나친 후, 평소 보기 힘든 환한 빛을 발하는 창을 나는 발견했습니다. 조금씩 다가갔습니다.

　그곳에 비친 것은 바로 그녀였습니다. 나는 놀라 주춤거리며 뒤로 물러섰습니다. 역시 그녀가 틀림없었습니다.

　게다가 그녀는 찰싹 거울에 기대어 그 안을 들여다보고 있었던 것입니다. 대체, 뭘 하고 있는 걸까?

　하지만 나는 창에 다가갈 생각도 하지 못했습니다.

　그녀는 몇 시간이 지나도 움직이지 않았습니다. 분명 눈은 깜박거렸고, 이따금 몸도 움직여서 살아 있다는 건 알았지만 기분 나쁠 정도로 움직이지 않았습니다.

　나는 곤란하여 창에서 멀리 떨어지려 했지만 신경이 쓰여 다시 돌아갔습니다.

　이유는……. 그녀가 나와의 접촉을 원한다는 것을 알았기 때문입니다.

　그녀가 비치고 있는 빛의 창은 총총한 별들이 반사되는

호수처럼 맑았습니다.

잠깐 안 본 사이에 그녀는 더욱 아름답게 성장했고, 신비한 분위기를 띠고 있었습니다. 그동안의 고생과 피로가 짙은 그늘이 되었지만, 그조차도 그녀의 분위기와 잘 어울렸습니다.

이런 딸을 남기고 먼저 간 부모는 얼마나 원통할까요. 죽고 나서 딸이 얼마나 힘들었는지 그들로서는 알 길이 없을 테고요.

사실 내 인생의 마지막 장면은 그녀의 부모가 탄 승용차에 깔려 죽은…… 것이었습니다. 사체를 처리하기 위해 밖으로 나왔을 때, 서둘러 조사해 보았습니다. 늘 알고 싶었습니다. 왜 내가 그녀와 계속 관계하는가— 나와 그녀 사이에 대체 무슨 일이 있었나, 어떤 인연이었나……. 분명 이유가 있지 않을까 하고 말이죠.

나는 그녀에게 빙의했습니다.

그리고 그녀가 나를 치어 죽인 인간의 딸이었다 해도 그녀에게 원망을 품지 않은 나 자신에게 약간 안도했습니다. 원망할 수는 없는 것이죠.

그리 가까이 가지도 않았을 텐데, 그녀는 눈을 뜨고,

"있어?"

하고 물어왔으므로, 나는 나도 모르게 몸을 움츠렸습니다. 하지만 그녀가 다시 눈을 내리떴으므로, 이쪽을 눈치채지는 못했음을 알았습니다. 정기적으로 말을 건네는 것일 테죠. 영감이 있는 사람이라면, 이 거리에서도 눈치챌 수 있을까요?

어쨌거나, 그녀는 내게 접촉하고 싶어 합니다…….

내게 볼일이라도 있는 걸까? 아니, 볼일이 생겼을 것 같지는 않았습니다. 그렇다면…… 혹시, 살인이 들통난 걸까? 그럴 가능성이 아주 없지도 않을 겁니다. 그렇다면, 혹시 그녀는 살인에 대한 벌을 받고 있는 걸까?

한 가지 신경 쓰이는 일이 생겼기 때문에, 마치 머리가 단숨에 각성하듯, 하나둘 의문이 몰려왔습니다.

고민하고 또 고민하다 며칠이 지났습니다. 그동안 그녀는 창 앞에서 꼼짝도 하지 않았습니다. 그리고 이따금 나를 찾아 말을 건네 왔던 것입니다.

나는 한 걸음, 다시 한 걸음 거리를 좁혀갔습니다. 한 발자국 정도 남은 곳까지 와서도 그녀는 이쪽을 눈치채지 못했습니다. 모르는 사람은 죽었다 깨어나도 모르는 듯했습니다.

　나는 그녀를 내려다보기도 하고, 정면에 앉아 바라보기
도 했습니다. 그리고 창에 닿지 않도록 조심하면서 얼굴을
가까이 가져갔습니다.

　"왜 그래?"

　슬쩍 말을 건넸을 때 그녀의 표정은 몹시 환해졌습니다.

　"죽이고 싶은 사람이 있어."

7

　"죽이고 싶은 사람이 있어."

　그녀는 그렇게 말했습니다.

　"죽이고 싶은 사람……." 하고 나는 입 안에서 작게 중얼
거렸습니다. 그녀에게서 나온 울림치고는 최저의 것이었습
니다. 그녀는 이미 사람을 죽인 적이 있습니다. 그것은 어
쩔 도리가 없었다고는 하지만, 맛을 들여 사람을 계속 죽
인다면……. 나는 어떻게 하면 좋을까요.

　"협조해주면 좋겠어."

내가 어떻게 대답해야 할지 망설이는 동안, 그녀가 말을 이었습니다.

그녀는 나를 파트너로 선택한 것입니다. 예전과 마찬가지로 사체 처리를 해야 하는 신세가 될까요? 그때, 상당히 힘들었는데…….

나는 서둘러 그 자리에서 떠나려 했습니다. 살인에 가담하는 건 이제 사절입니다. 나를 벌할 인간은 없을 테지만, 그래도 윤리적으로 관여하고 싶지 않았습니다.

……도망치려고 진심으로 생각했다면 도망칠 수 있었을 겁니다.

그런데 문득 몸을 돌려 그녀의 사정을 들어보려 했던 것은, 이미 이 세상 사람이 아니게 된 나를 원하는 사람이 있다는 사실이 기뻤기 때문일까요.

청년이 방 안으로 들어왔습니다.

23시.

예정대로였습니다.

나는 그녀에게 들은 얘기를 머릿속에서 반추했습니다. 지금, 이 청년은 어느 건물 안에서 배우가 된 그녀를 감금

하고 있다고 했습니다. 청년은 그녀를 쇠사슬에 묶어 도망칠 수 없도록 만들었습니다. 쇠사슬을 최소한의 길이로 하고, 방에 가둔 채 사육하는 듯했습니다. 옛날, 아주 잠깐 알던 인물인 것 같았는데, 그는 그녀를 심하게 배신한 모양이었습니다.

"컨디션은 어때?"

방의 불도 켜지 않아 실내는 밖에서 들어오는 빛뿐, 어슴푸레한 상태였습니다. 그의 목소리에 그녀는 대답도 하지 않고 여전히 거울 쪽을 향해 앉아 있었습니다. 이윽고 등 뒤로 껴안아 오는 청년에게 몸을 맡겼습니다.

청년은 그녀의 손등에 자신의 손을 포갰습니다. 최대한 부자연스럽지 않도록, 그녀가 거울 쪽으로 유도했습니다.

정말 할 수 있을까 반신반의하면서도 나 역시 거울에 손을 댔습니다. 순간, 나는 그 청년과 뒤바뀐 것 같았습니다.

오랜만에 살아 있을 때의 내 체격과 비슷한 몸으로 들어가, 감개무량한 나머지 큰 손바닥을 쥐어보기도 하고 펴보기도 했습니다. 내 품 안에는 그녀의 작은 몸이 폭 들어와 있었습니다. 머리칼에서는 좋은 냄새가 났습니다. 살짝 흥분되었습니다.

감옥

"신기하네."

그녀는 안도했습니다. 무사히 성공한 것을 기뻐하기보다, 비로소 해방되었다는 평온한 미소를 짓고 있었습니다.

"미안해. 너를 오래 괴롭혀서. 나 때문에 죽었을 텐데."

"아니야. 왜 그렇게 생각해?"

"사실이잖아. 알고 있었어. 아니, 알아."

그녀는 내 정체를 알고 있었습니다.

"네 목소리를 들은 적이 있거든. 부모님 차에 치어 죽은, 그 경찰……."

그녀는 그렇게 말했습니다. 그리고 덧붙였습니다.

"이걸로 당신은 해방됐어. 나는 죽을 수 있고."

"네가 죽는다고?"

들었던 얘기와 달랐습니다.

나는 그녀를 감금하고 있는 남자를 처리하고 싶다고 들었습니다. 그녀가 그렇게 결심했다고는 해도, 살해하는 건 너무 심하니까 이번만큼은 설득할 생각이었습니다만…….

나는 그녀에게 속은 모양이었습니다.

죽이고 싶은 사람이란, 그녀 자신이었습니다.

"실은 말이지, 늘 죽고 싶었어. 혼자 죽을 생각이었지.

하지만 그도……. 그도 같이 가는 게 좋겠어. 하지만 둘이
이 세계와 작별하기 전에 당신을 도와줘야만 했어……. 미
안해, 거짓말해서."

　인생을 살아가면서도 늘 죄책감에 시달렸던 모양이었습
니다. 나에 대해서도 생각했던 모양이고요.

　"'드디어 끝나는구나.' 생각하니 왠지 안심이 되고 피곤
하네."

　"한 번 죽은 내게는 아무런 좋은 일도 없어. 다른 사람
의 몸을 빌려 살아갈 거라면, 그냥 어둠속으로 돌아갈래.
다른 사람을 그 어둠에 가두는 것도 싫고. 그곳은…… 절
망밖에 없어."

　하지만 거울을 만져도 뒤바뀌지 않았습니다.

　"그만둬."

　그녀가 제지했지만 나는 거울을 주먹으로 두들겼습니다.

　"이제 싫어. 나는 옛날에 구원받지 못한 사람을 어둠 속
에 내버려둔 적이 있어. 작은 여자아이였는데……, 심한
짓을 했지. 그래서 벌을 받는 중일 거야. 그녀에 대한 참회
로 사람을 지키는 경찰 일을 했고……. 그를, 꺼내줘."

　그녀는 미소 지었습니다.

"그를 구하기 위해서는 나를 죽여야만 해. 내가— 여기에 가뒀으니까. 너는 알지도 모르지만……. 그를 꺼내려면 나를 죽이는 수밖에 없어."

나는 망설이다가 그녀의 목으로 손을 뻗었습니다. 나와서 그녀를 설득할 작정이었는데, 이젠 더 돌이킬 수 없는 지점에 와버린 듯했습니다.

그녀가 죽기를 바란다는 것은 알고 있었습니다.

그리고 그를 위해서도, 그녀를 위해서도 이러는 것이 제일 좋을 겁니다. 목은 가냘프고 미덥지 못해 이 정도라면 간단히 부러지고 맙니다. 두 손으로 감싸기만 했는데도 소름이 돋았습니다.

그녀는 고통스럽게 신음했습니다. 되도록 고통스럽지 않게 보내주고 싶었지만 힘이 잘 들어가지 않았습니다.

그녀는 웃었습니다.

"좀 자고 싶어."

이제 곧 죽으려는 인간치고는 평온한 목소리였습니다. 아마도 오랜만에, 누구의 방해도 없이 잠들 수 있을 것 같기 때문일 테죠. 그걸 원한다는 걸 알았습니다.

부디, 다시는 깨어나지 않기를.

천국

그는, 제일 안쪽 방에서 발견했다.

제일 안쪽 방이라는 건, 어느 산속에 있던, 내가 살던 서양식 주택의 지하실을 말한다. 다른 방은 자유롭게 출입해도 되지만 지하실만큼은 '나쁜 생물이 살고 있으니까 절대 가면 안 된다'고 했다.
　나쁜 생물이란 게 뭐지?
　거기 가면 어떻게 되는데?
　마주치면 어떻게 해야 돼?
　어린 내 질문에 대답해주는 사람이 없었기 때문에 넘치는 호기심으로, 아무 망설임도 없이 '나쁜 생물이 살고 있는 곳'에 발을 들여놓은 것이다. 이것도 저것도, 되도록 나쁜 생물과 접촉시키지 않기 위해 예비지식을 쌓아놓고도 알려주지 않았기 때문이라고 생각한다.

아무튼 나는 서양식 주택 구석구석까지 이미 탐험을 다마치고 지하실 입구 역시 파악해놓은 상태였다. '들어가서는 안 된다'고 아무리 주의를 줘도 언젠가 탐색하겠다며 지하실행을 호시탐탐 노리고 있었던 것이다. 인간이란 것은 금지하면 더 하고 싶어지는 법이다. 누구랄 것 없이, 본능이다. 즉, 나는 개구쟁이에 아무것도 모르는 어린아이였다.

그리고 결행의 날이 찾아왔다.

태어나서 한 번도 본 적 없는, 대단한 폭풍우가 몰아치던 날 밤이었다. 엄청난 폭우가 내리치듯 쏟아지고, 빗방울이 거칠게 창과 벽을 두드렸다. 폭풍이 몰아칠 때마다 주위 숲이 땅울림처럼 굉음을 냈다.

우리가 살고 있던 서양식 주택 거실에는 크고 오래된 시계가 있었는데, 그것이 23시의 종소리를 내고 있었다. 난로의 따뜻한 불길이 차가운 피부를 덥혀주었다. 시계 소리와 폭풍우에 속을 뻔했지만 참으로 조용한 밤이었다. 나는 조용하다는 것을, 깨달았다.

어른들은 없었다. 평소에는 나를 감시하는데, 어느새 아무도 없게 되었다.

아마도 같은 부지 안에 있는, 다른 건물 쪽으로 갔으리라 생각했다. 내가 사는 서양식 주택 말고도 조금 떨어진 곳에 또 다른 건물이 있었고, 그곳은 아이들을 맡겨두는 시설인 듯했다. 그 시설에 사람 손이 부족할 때마다 어른들은 나만 두고 시설로 가버린다. 그래도 평소 같았으면 내게서 감시의 눈길을 돌리지 않았을 텐데, 제법 큰일이 벌어진 것이다. 이 폭풍 때문에 비상사태가 벌어진 건지도 모른다.

이것은 천재일우의 기회라 할 수 있었다. 평소 어른들이 없으면 더 좋겠다 싶은, 그런 걸 할 기회다. 이를테면 평소에는 20시에 자도록 되어 있었지만, 지금부터 독서를 하거나 이런 시간부터 유화를 그리기 시작하는 것도 좋겠다.

문득 조명이 흔들리고, 팟, 팟, 하고 깜박거렸다.

멀리서 벼락.

도깨비 집 같다. 하지만 나는 무섭지 않았다.

정말 무서운 걸 알기 때문이다.

정말 무서운 건…….

나는 거실에서 나와 어두운 복도를 걸어갔다. 사람을 찾아서 걸었다.

내가 무섭다고 생각한 건, 고독이다.

아무 소리도 들리지 않고, 아무 기척도 없는 게 훨씬 더 무섭다. 혼자만 있는 건 무섭다. 그래서 탐험을 하는 것이다. 나를 구원해줄 뭔가를 찾기 위해.

어느 방으로 들어갔다. 방의 벽난로에서 불을 붙인 촛대를 하나 들고 지하실로 이어진 계단을 내려갔다. 여기에 사람이 내려가는 것을 몇 번이나 봤다. 지하실에는 들어가면 안 된다고 했지만, 그렇다고 잠가둔 것은 아니었다. 나를 경계하지 않는 걸까? 나쁜 생물은 자기 혼자 힘으로는 나올 수 없는 걸까?

계단을 내려갔다. 배식구가 있는 문이 하나 있고, 역시 자물쇠로 잠가놓지는 않았다. 인기척이 아주 많이 났다. 어른이 있을지도 모른다. 하지만 참을 수 없었다.

그곳은 창문이 없다는 점 말고는 단순한 어린아이의 방이었다. 어두웠다. 촛불을 가져가자 '나쁜 생물'이 고개를 들었다. 그는 잠옷을 입고 있었다. 어쩌면 잠들기 직전이었나 보다. 긴 의자에 팔을 걸치고 앉아 있었다.

"누구?"

내가 가진, 보통 사람과는 다른 기묘한 힘에 대해 제일
먼저 눈치챈 것은 누구였을까?

아마도 부모님일 것이다. 분명 그들은 '뭔가 이상한 일이
벌어지고 있다'는 느낌을 받았을 것이다. 내가 내 자신에
대해 깨달은 것은 보통 아이들과 똑같이 부모님의 보살핌
을 받으며 살고 있을 무렵이었다.

친구들과 숨바꼭질을 하다가 무척 친했던 남자아이와
숨을 장소에 대해 생각하고 있었다. 놀이기구가 많은 공원
이었는데, '자물쇠로 잠겨 있는 곳에는 숨을 수 없다'는 규
칙을 세웠다.

"여기로 할까?" 하고 그가 말했다. 공원 한구석에 있는
키 작은 청소 도구함으로, 지붕도 없이 비를 그대로 맞는
곳에 있었기 때문에 얼핏 보면 도저히 사람이 들어갈 생각
조차 할 수 없을 만큼 지저분했다. 어린 우리들이라면 들
어갈 공간은 있을 테지만 나는 들어가고 싶지 않았다.

하지만 그는 활달한 성격이었던 데다가, 오히려 내 반응에 힘입어 이번 술래 역시 여자아이이므로 청소 도구함을 열지 않을 거라고 추측했던 것이다. 마지막까지 남아 술래를 골탕 먹일 작정이었다.

그는 술래인 그녀를 좋아했다. 그렇다면 되도록 오랜 시간, 자신에 대해 생각하도록 만들어주는 게 좋다. 미닫이문을 열자 어린아이 한 사람 정도 들어갈 공간이 있었고, 앉을 수도 있을 것 같았다.

"밖에서 닫아. 절대 말하지 말고."

알았어, 하고 고개를 끄덕이며 나는 미닫이 문을 닫았다. 안쪽에서의 목소리는 들리지 않게 되었다. 나도 숨을 곳을 찾아야만 했다. 청소 도구함에서 떨어졌다.

숨바꼭질은 순조롭게 진행되었지만, 청소 도구함에 들어간 그는 마지막까지 남았고, 술래인 그녀는 도저히 못 찾을 것 같았다. 대충 계획대로 되었다.

해가 저물고 '못 찾겠다 꾀꼬리!'를 크게 외쳤는데도 그는 나올 기척도 하지 않았다. '그렇게 골탕을 먹이고 싶은 건가?' 하고 생각하면서, 그래도 되도록 그의 기분을 존중해주고 싶었지만 부모님이 술래인 그녀를 데리러 와버렸다. 그녀가 잘못한 것은 아니었지만 그가 불쌍하다고, 돌아가는 그녀의 뒷모습을 바라보며 생각했다.

그의 계획이 좌절된 후, 남은 아이들과 함께 청소 도구함을 열었다. 그리고 그곳에서 힘없이 축 처진 그를 발견했다.

"어딘가가 걸렸는지 열리지가 않더라고, 열어달라고 큰 소리로 외쳤는데 아무도 도와주러 오지 않았어."

공기가 희박한 상태에서 계속 소리를 질러 숨을 쉴 수가 없게 된 모양이었다.

구급차에 실려가 목숨을 건진 후 다시 부활한 그는 원망 섞어 그렇게 말했지만, 아무래도 신기한 얘기였다. 청소 도구함은 베니어판보다 비슷한 정도 두께의 나무로 만들어진 데다가, 계속 바깥에 놓여 있어서 겉보기부터가 안 좋은 상태였다. 그래서 크게 소리쳤으면 밖에서 들렸을 것이었다. 벽으로 막혀 있는 게 아니었던 것이다.

하지만 누구도 그의 목소리는 듣지 못했다. 미닫이 문도 내가 열었을 때는 아무렇지 않게 열렸다. 오히려 망가지지 않도록 조심했을 정도였다. 게다가 안에 그가 있다는 건 알고 있었고, 오히려 열면 '화내지 않을까?' 생각했었다.

그래서 그의 주장을 나는 수긍하기가 어려웠고, 주변 사람들도 고개를 갸웃거리기만 할 뿐이었는데…….

부모님의 대응 방식은 달랐다.

갇힌 그와 그의 부모님에게 계속 사과했던 것이다. 오히려 그쪽 부모님이 몸 둘 바를 모를 정도였다. 왜? 아무것도 모르는 나와 그의 부모님은 이상하게 생각했다. 그 역시 당사자였으므로 어렴풋이는 알고 있었으리라. 부모님도, 나를 키우는 동안 비슷한 경험을 했을 것이다.

내가 가진 기묘한 힘에 대해.

내가 나의 성장 과정에 대해 얘기를 시작하자, 나쁜 생물은,

"아아, 그런 거였나!"

하고 태연스레 말했다.

나쁜 생물은 속으로 뭔가를 납득한 모양이었다. 어떻게 그가 납득했는지는 모르겠지만 설명해줄 것 같은 기분이 들어서 기다리기로 했다.

그의 말투는 온화하고 조용해서, 나는 그와 한두 마디 말을 주고받은 순간 느리게 흘러가는 시간 속에 있다고 생

각했다.

얼굴을 마주친 순간 틀림없이 나는 '그와는 만날 운명이었다'라는, 필연 같은 느낌에 빠져 있었다. 가슴이 두근두근, 쿵쾅쿵쾅 대는 듯한, 아마도 그것은 내가 매일 보던 연애소설에서 주인공과 상대가 만났을 때와 똑같았으므로, 나는 이게 사랑이라고 꽤 이른 단계에서 깨달았다. 신기하리만치 가슴이 쿵, 하고 떨어졌다.

숨 가쁘게 말하지 않아도 그는 나를 알아주었고, 나는 그에 대한 것이라면 무엇이든 다 알고 있는 것 같아서 신기했다. 그래서 나는 그의 설명을 기다렸다.

기다리는 동안, 나는 그를 관찰하기로 했다. 그— 즉, 나쁜 생물은 나와 비슷한 또래였다. 그러니까 초등학교 고학년 정도. 가냘프고 빈약하여 나보다 더 허약해 보였다. 적어도 동년배의 남자아이들에 비해 허약해 보였다. 그 허약함에서 생겨나는 걸까, 이 조용함은.

차분하다는 한 마디로 표현하는 것은 쉬운 일이지만, 그것만은 아니다. 뭔가, 깨달음이라도 얻은 듯한 분위기를 띠고 있었다.

그는 좀처럼 설명을 시작하지 않아서 나는 나에 대해서

더 말하기로 했다.

나는 어딘가 낯선 곳에서 눈을 떴다.

새하얗고 높으면서 넓고 차가운, 하얀 천장을 올려다보았다. 온몸이 땀투성이가 된 이유는 악몽 때문에 상당히 오래 잠을 설쳤기 때문일 것이다. 몸을 움직이려 해도 움직일 수 없는 것은 여기저기가 아파서였다. 하지만 목소리도 나오지 않았다. 의사와 간호사가 방으로 들어와서 안심했다.

아아, 나는 병원에 와 있는 거구나. 온몸에 '병원에 가야만 한다'는 느낌이 남아 있었다. 원하던 게 이루어진 느낌이었다. 하지만 이제 괜찮다는 안도감은 몸이 삐걱거리며 단숨에 날아가버렸다. 나는 붕대로 둘둘 말려 있었다.

왜 이렇게 된 거지?

나는 고열에 시달렸다.

어느 날 밤— 나는 몹시 기분이, 그리고 몸 상태가 나빠졌다. 오른쪽 왼쪽 어느 쪽으로 향하든, 앉거나 서 있거나 누워 있거나 기분이 안 좋았다. 주체할 수 없는 자신을 처치 곤란해하는 동안, 춥다가 덥다가 했다. 추위를 느끼는 시점에서 찬물이라도 끼얹은 듯 오한이 들었다. 온몸으로 퍼져갔다. 몸 안쪽이 차가워졌을 무렵, 어머니가 내 고열을 눈치챘다.

나중에 돌이켜보건대, 잘못 끼운 단추는 하나였다. 만약 과거로 돌아가 다시 수습할 수 있다면, 나는 그 '단 하나'만 다시 끼우면 모든 게 아무 일도 없었던 것처럼 원래대로, 평화롭게 모두 살아남았을 거라고 생각한다.

야간에 문을 연 종합병원까지는 멀었다. 아버지가 운전을 하고, 어머니는 조수석에 탔다. 구급차를 부르는 것보다 본인이 직접 데리고 가는 편이 빨랐던 것이다.

모포에 덮여 있던 나는 뒷좌석 문에 모포가 끼어 있는 걸 보았다. 힘껏 잡아당겼는데도 빠지지 않았다. 의식은 몽롱했다. 운전 중에 문을 여는 게 두려웠지만, 나는 문을 한 번 열었다 닫았다.

차의 속도는 맹렬히 빨랐고, 차 안의 전자시계는 초록색으로 환히 빛나고 있었다. 새벽 2시. 아침 7시에 일어나 밤 8시에 잠드는 규칙적인 생활을 하던 나로서는 전혀 알 수 없는 시간이었다.

그때까지 나는 '내가 잠들면 세계도 잠든다.'고 줄곧 생각했으므로, 지금 이 상황은 긴급 사태나 다름없었다. 우리를 태운 차가 너무나도 빨랐기 때문에 창틀로 구분된 액자 너머로 밤이 비디오테이프처럼 빨리 돌아가고 있었다. 한밤중의 겨울 하늘은 아무리 별이 많아도, 검은색이나 남색보다 어둡다.

차의 속도가 느려지면서 정차했으므로 나는 병원에 도착한 줄 알았다. 시동은 끄지 않은 채, 아버지가 사이드브레이크를 당겼다. 올려다본 창문 너머로 사람들이 보였다. 창 저편에서 목소리가 들렸다.

"잠깐이면 됩니다. 지금, 괜찮을까요?"

목소리는 불분명했다. 딸칵딸칵 버튼을 누르는 소리. 아버지가 창을 열려고 했는데, 열리지 않는 모양이었다. "제가 바빠서 그러는데, 좀 봐주실 수 없을까요? 딸이 열이 많이 나서……" 하고 아버지가 큰 소리로 말했다. 창을 열지 못했기 때문에 목소리가 차 안에서 울려 시끄러웠다. 게다가 술 냄새가 났다.

아버지가 혀를 차는 동시에 차가 급히 출발했다. "멈추세요." 하고 외치는 소리.

어머니의 혼란스러운 목소리도 들렸다.

"열 수 없어? 저기, 못 여는 거야?"

"됐으니까 조용히 해."

"여보, 차 세워. 걸렸어, 걸렸다고!"

경찰차의 사이렌이 멀리에서 다가왔다. 그 직후의 충격. 마치 온몸이 공중에 떠 있는 듯했다. 아마도, 정말 공중에 떠 있는 것 같았다. 둥실, 하고 엘리베이터에 탔을 때와 같은 부유감이 들었다. 절규가 차 안을 가득 채웠다. 떠 있었던 것은 순간이고, 나무들을 헤집는 굉음이 울렸다. 어딘가 급한 경사를 굴러 떨어졌다.

나의 악몽.

할머니가 문병을 온 것은 눈을 뜨고 나서 얼마 후의 일이다.

70년을 사는 동안 이런 비극은 한 번도 겪어보지 못해서, 그저 모든 일에 아연실색할 만큼 할머니에게는 충격적인 사건이었던 모양이었다.

"왜 너만 살아남았는지 모르겠구나……."

할머니는 그렇게만 중얼거릴 뿐, 다른 말은 전혀 없었다.

가까이 있던 의자에 앉아, 침대에 누워 있는 나는 보지도 않고 그저 창밖만 바라보고 있었다. 하지만 그 시선은 아득히 멀었다. 너무나 오래 밖을 보고 있었으므로, 무슨 일이 생긴 건가 싶어 나도 흥미를 가지고 그쪽을 보았지만, 특이한 것은 아무것도 없었다. 그저 환하기만 할 뿐이었다.

이따금 날아가는 참새, 찌르레기. 아주 얇게 구름이 낀 겨울 하늘.

겨울의 태양광선에 필터를 끼우고, 세계는 균등하게 부드러운 빛을 받고 있었다. 자동차 소리가 들렸다. 열차 소리도 난다. 모든 것이 아득했다.

할머니의 늙은 눈동자는 하늘 이외의 뭔가를 담고 있었다.

나는 할머니에 대해 거의 몰랐다. 부모님이 살아 계실 무렵에도 그다지 왕래가 없었기 때문이다. 고상한 분위기의 여성이었다.

하지만 고상함 안쪽에 내 부모님도 살아 있었으면 좋았을 텐데, 하는 마음이 없다는 것은 명백했다. 나라는 짐을 떠넘기고 간 그들을 원망하듯 한탄하고 있었다.

만약 사람들이 저마다 자신의 불행을 자랑하는 대회라도 있다면, 죽은 사람들은 분명 '나와 관계하게 된 불행'에 대해 열변을 토할 것이다.

아버지가 운전하던 차는 고속도로의 급커브를 미처 꺾지 못해 가드레일에 충돌했고, 낭떠러지 밑으로 추락. 부모님은 즉사했다.

나만 살아남은 것은 모포에 감싸여 뒷좌석에 누워 있었기 때문이다. 제대로 안전벨트도 하고 있었다. 그래서 부모님은 분쇄기 속에 들어간 듯한 상태로 죽었고 차는 완전히 구겨졌는데, 나 혼자만 중상을 입고 끝났다. 구조대에 발견되었을 때, 기적이라고들 했다.

이 사고로 불행해진 사람은 또 한 명 있었다. 사망 사고 직전, 부모님은 고속도로 출구에서 벌이고 있던 검문으로부터 도망쳤다. 담당 경찰은 부모님이 차를 발진시켰을 때 차 어딘가에 걸려 백 미터 이상이나 같이 끌려갔던 모양이었다. 산 채로 비참하게 끌려 다닌 끝에, 그도 목숨을 잃고 말았다. 모든 게 불행했다.

하지만 모든 점에 있어서 확실한 것 한 가지는, 남은 인간이 더 불행해지는 경우도 있다…… 는 것이다.

부모님이 살아만 계셨다면, 할머니는 사고 가해자 가족으로 책임을 추궁당하지 않았을 것이다. 타인의 원망을 한 몸에 받는다는 것은 노구에 힘들었으리라 생각한다.

이 살인자 자식을 이제 어떡한다?

차라리 죽었으면 좋았을 텐데.

그날, 둘 말고 아무도 없는 병실이었다.

주름 깊은 할머니의 손, 어중간한 길이의 소매와 꽃무늬 블라우스, 검은 스커트, 편해 보이는 신발. 그 모든 것을 똑똑히 기억하고 있는데 얼굴만 잘 떠오르지 않는다. 안색도 지극히 보통이었고, 머리는 단정히 뒤로 묶어 머리핀으로 고정했다. 조심스러운 검은색.

그 나이의 노인치고는 단정한 몸가짐에 신경 쓰는 사람이었지만, 예쁘게 화장한 얼굴에 어떤 표정을 짓고 있었는지 전혀 생각이 나지 않았다.

"사과 주스 좋아하니?"

병실 안에 아무도 없다는 걸 확인하는 느낌이었다. 하지만 사람들 시선이 있든 없든 할머니는 당당했을 것이다. 나를 위해 마실 것을 준비했다고.

나 아닌 다른 사람 같았으면 분명 속았을 것이다. 나도 속는 게 차라리 편했으므로 그렇게 하기로 했다.

"응."

나는 고개를 끄덕였다.

우리 관계는 기묘했다. 살아온 세월도, 처지도, 성격도, 좋아하는 요리도 틀림없이 모두 다를 것이다. 공통분모는 단 하나도 없다. 그런데 고작 한 건의 사고 때문에 결론이 같아졌다.

창밖의 경치는 부드럽게 저물기 시작했다. 오후의 태양이 색깔을 바꾼다. 그러데이션처럼, 매끄럽게 시간이 옮겨 간다. 사과 주스의 신선한 냄새가 났다. 할머니도 페트병의 주스를 종이컵에 따라 베갯맡에 놓았다.

"이거 마시고 한숨 자거라."

훗날, '끝까지 지켜보지 않은 건 왜일까?' 하고 생각했다. 하지만 답은 나오지 않았고 물어볼 수도 없었다. 다음 날 아침, 사체로 발견된 것은 할머니뿐이었으니까. 사과 주스를 마시고 죽어 있는 것을, 연락이 되지 않는다며 수상하게 생각한 친구가 발견했다고 들었다.

만약 내가 할머니와 같은 입장이 되었다면, 나도 똑같은 선택을 했을 것이다. 나였다면 마지막까지 다 지켜봤을까? 선택에 맡겼을까? 살 것인지, 죽을 것인지 하는 선택.

종이컵을 손에 들고, 그래도 살고 싶다고 그냥 내려놓은 것이 잘한 짓인지 아닌지, 나는 시간이 아무리 지나도 모를 것 같았다.

"즉, 너는 자물쇠를 잠그고 만 거야."

나쁜 생물은 말했다.

억지스러운 결론이었지만, 참으로 이상했다.

온갖 일에 대해 철이 들기 시작함에 따라, 나도 확실히 인식하기 시작했다. 만약 과거로 돌아갈 수 있다면, 그래서 딱 하나 고칠 수 있다면……. 그렇다, 단추를 잘못 끼웠을 때로 돌아갈 수 있다면 나는 반드시 '아무것도 닫지 않을 것이다'. 내가 닫아버림으로써, 누구도 밖으로 나올 수 없게 되니까.

누구보다 빨리, 부모님은 눈치챘을 것이다. 내가 닫은 문은 열리지 않기 때문에, 일찍부터 기묘한 현상에 주의를 기울였을 것이다.

나 자신은 힘의 전모를 모른다.

사고 후, 불행이 찾아온 나를 거둬들이고 싶어 하는 갸륵한 사람은 아무도 없었다. 나는 불행을 부른다고 했다.

내가 지금 살고 있는 서양식 주택에 이르게 된 것은, 친척들 사이의 폭탄 돌리기조차 거부당한 결과였다. 괴상한 점성술사 같은 외모의 아주머니가 어디도 갈 수 없게 된 나를 여기로 데려왔다. 수많은 테스트를 거쳐 내가 가진 힘의 규칙을 조사하고는, 지금, 나는 행복하게 살고 있다.

서양식 주택에는 지하실 이외의 문은 없다. 밖의 문은 반드시 다른 사람이 닫는다.

나는 여기서 살아갔다.

타인을 가둘 거라면, 타인에 의해 갇히는 게 훨씬 더 행복하다. 나는 나를 보살펴주는 종교 시설 사람들에게 중요한 존재로 여겨졌다. 마치 공주님처럼 다뤘다. 밖으로 나가지 않겠다는 제일 중요한 약속만 지키면, 부자유스러운 건 아무것도 없었다.

"여기 오면 안 된다고 하지 않았나?"

나쁜 생물이 말했다.

"그렇게 말하기는 했는데, 주택 안이니까 상관없잖아."

나쁜 생물은 탄식했다.

"······힘들게 갇혔는데. 네가 여기 오면 곤란해지잖아."

나는 그를 찬찬히 바라보았다.

"내가, 널 가둔 거야?"

나는 언제 이 방문을 닫은 걸까? 전혀 기억이 안 나는데······.

"응."

"하지만 지하실에 온 적 없는데."

"네가 자는 동안 데리고 온 걸 언젠가 봤어."

"흐음."

온통 다 모르는 것투성이었지만, 딱 하나만은 확실하다. 나와 그가 운명인 것은 그가 봉인해야 할 나쁜 생물이고, 나는 그를 가두는 역할이기 때문이다.

그에게는 나쁜 생물인 까닭이 있을 것이다. 그것은 관계하고 있는 동안 말해줄 테니까, 나는 그의 입에서 과거 얘기가 나오기만 기다리면 된다.

"고독한 건, 무섭지 않아?"

나는 이제 외톨이가 되는 게 무섭다. 혼자 방에 있으면 뛰쳐나가고 싶어진다. 그래도 진정한 의미에서는, 어디에서도— 어디로도 뛰쳐나갈 수 없다. 외톨이인 것은, 내 마음이다.

"전혀. 누구한테도 폐 끼치고 싶지 않아."

나쁜 생물은 말했다.

지금까지 수많은 사람에게 수없이 많은 신세를 져왔다…… 고도 말했다. 아무렇지 않게 행동했지만, 나는 그가 강하다고 생각했다. 그러니까, 나와 얘기하는 게 즐거운 것 같았으므로.

이렇게 보고 있으면 그는 전혀 나쁜 생물처럼 보이지 않는다. 하지만, 나도 외모만 놓고 보면 평범한 어린아이이니까. 다른 사람은 모르는 뭔가가 그에게 잠들어 있을 것이다.

그 뭔가는 모른다. 아마 곧 가르쳐줄 것이다.

그리고 우리는 다른 사람들은 상상도 할 수 없는 운명 공동체이고, 만약 그게 사실이라면 나는 행복하다.

"최근 들어, 계속 눈 오네."

나는 말했다.

처음 만난 그날 이후, 나는 주위 눈을 피해 나쁜 생물과 만나게 되었다. 지하실이라서, 바깥 세계에서 제일 멀 텐데도 그와 있으면 바깥 세계와 접촉하고 있는 것 같았다.

또는, 처음 겪어보는 세계였다.

나는 창밖의 날씨를 나쁜 생물에게 보고했다. 경치는 바뀌지 않았지만 날씨나 하늘 색깔은 늘 다르다. 숫제 보여주고 싶은데, 그는 별로 바깥에 흥미를 보이지 않았다. 그래서 자포자기하듯 밖에 대해 많이 얘기했다.

시설은 눈이 많이 내리는 지역에 있는 듯, 겨울에는 깊은 눈에 갇혔다. 그런 곳이었다. 나한테는 첫 겨울이었다. 나는 늘 남쪽 지방에서 태어나고 자랐기 때문에 한겨울의 극한까지 얼어붙는 공기는 신선했고, 공격적이었다. 겨울은 혹독한 계절이다.

"이런 시간에 여기 와도 괜찮아?"

나쁜 생물은 말했다.

"괜찮아. 오늘도 어른들 없어."

"그래? 왜?"

"글쎄……. 아마 저쪽에 간 것 같아."

"저쪽?"

또 하나 있는 건물— 즉, 시설에 대해 나는 제법 많이 알았다.

넓은 중간 정원을 끼고 서양식 주택과 반대 위치에 있

는, 커다란 건물이다. 하얗고 넓었으며, 끝에 첨탑이 있었다. 새하얀 건물과 달리, 창 안은 어둡게 보였다. 어둡고 문이 닫혀 있는 데다가, 창문은 교도소 감옥처럼 두꺼운 쇠창살이 박혀 있다. 저쪽이 오히려 나쁜 생물을 가둬둘 듯한 분위기였다. 그 증거로 저기 있는 아이들은 늘 번호로 불리는 모양이었다.

나는 그렇게 설명했다.

"그런 데가 있었어?"

나쁜 생물은 몸을 앞으로 내밀며 흥미를 보였다. 뭔가 신경 쓰이는 일이라도 있는 듯한, 그런 동작이었다.

시설에는 나처럼 기묘한 힘을 가진 아이들이 살고 있다고 들은 적이 있다.

어른들 말에 의하면 나는 그중에서도 특히 더 특수한 듯했다. 그래서 특별 취급이다. 내 힘의 규칙은 주위에 미치는 영향이 크기 때문인지도 모른다.

나와 달리 나쁜 생물은 저쪽에 대해 모르는 것 같았다.

"몰라?"

"몰라."

나쁜 생물은 입을 다물고, 뭔가를 깊이 생각하는 모양

이었다. 나는 그것을 알고 싶었다.

"알고 싶어."

그렇게 말한 것은 나쁜 생물 쪽이었다.

처음 나쁜 생물에게 저쪽에 대해 가르쳐준 후, 어느 정도의 날들이 지나갔다. 계절이 바뀔 만큼 긴 시간이었다.

나쁜 생물은 지독히 깊은 생각에 잠긴 듯했고, 나는 그의 고뇌를 알고 싶었지만 언급하지 않았다. 그것은 그가 말하지 않은 과거 속으로 한 발자국 들여놓을 것만 같았기 때문이었다.

우리가 여기로 흘러든 이유는 각자의 성장 과정에 있다.

나쁜 생물은 어떤 이름을 말했었다. 여자아이의 이름처럼 들렸다. 다음에 나올 말은 어떤 것일지 남몰래 긴장하고 있는데, 그가 쓴웃음을 지었다. 나는 그에게 내가 사랑하고 있다는 걸 들킨 것 같아 부끄러웠지만 그에 대해서는 아무 말도 하지 않았다.

"형인데. 거기 있을까?"

길게 늘어지는 어미. 왠지 모르게 그리워하는 듯한 느낌이, 평소 같았으면 담담했을 그와 어울리지 않게, 맨 얼굴

로 말하는 것 같았다. 나와 얘기할 때는 느끼지 못한, 친
애의 감정이 그 단 한 마디에 나타나 있었다.

"조사해볼게."

나는 대답했다.

내가 시설을 알고 있었던 데는 이유가 있었다.

내가 있는 서양식 주택이 시설의 사무실이었기 때문이
다. 그리고 서양식 주택의 문은 가급적 다 없앴기 때문에,
어른들은 내게 숨길 수 있는 게 없었다.

서양식 주택에 있을 때, 그들은 기본적으로 두 명이 한
조가 되어 최대한 많은 방에 나뉘어 있었다. 하지만 사람
수는 한정되어 있어서, 나는 사무실에 아무도 없을 때를
노려 조사해 볼 수 있었다.

아이들은 번호로 관리되고 있었고, 스무 명이었다. 이게
만약 백 명이나 2백 명이었으면 곤란했겠지만 스무 명 안
팎이면 조사하는 건 쉽다.

곧바로 조사에 착수했다. 방범 관리가 철저하지 않아서
생각보다 간단했다. 관리번호, 성명, 주소, 혈액형, 친척,
기부금, 능력, 지금까지의 성장 과정, 앞으로 갈 곳이 결정

된 사람은, 그 장소.

나는 나쁜 생물에게 보고했다.

"있었어."

나쁜 생물은 평소처럼 어두운 방에서, 긴 의자에 앉아 있었는데 방에 들어온 내 모습을 보고, 일어섰다.

"정말?"

눈이 빛나는 것 같았다.

"응. 만나러 갈 거지?"

준비성이 좋은 나는 내 원피스와 서양식 주택을 돌아다니며 만든 저택 내 지도를 가지고 있었다. 나쁜 생물이 지금 차림 그대로 나가면 한눈에 어른들에게 들키고 만다. 변장할 거면, 내 옷 정도밖에 없다.

나는 나쁜 생물에게 옷을 갈아입도록 시켰다. 내 옷은 그에게 딱 맞아 솔직히, 제대로 여장을 하면 미소녀일 것 같았다. 피부는 원래 속이 훤히 보일 듯 하얬고, 머리칼도 길어 자르지 않았기 때문에 빗으면 아름다울 것이다.

"공주님 같다."

"그런가."

"응, 너, 예뻐. 하지만 이 차림이면, 형이 못 알아볼지도 몰라."

나는 형제의 재회를 상상하며 살짝 웃었다.

"하지만 만약 만나더라도, 몰라봐도 상관없어."

"왜?"

"특별히 사이좋지 않았거든."

"그래?"

나는 외동이었으므로, 형제라는 존재에 대해 전혀 모른다. 친구들의 형제자매 사이는 저마다 달랐지만 대개는 사이가 좋았다. 싸우더라도 금방 다시 좋아지는 게 형제인 듯했다.

"그럼, 다시 좋아지면 되잖아?"

"쉽게 말하지 마. 상당히 복잡한 문제라고."

"모든 일을 복잡하게 만드는 건 늘 인간이야."

"대체 무슨 개똥철학이 그래? 복잡한 건 복잡한 거야. 반밖에 피가 섞이지 않았으니까."

그의 안절부절못하는 불안한 태도는 제쳐놓고, 반밖에 피가 섞여 있지 않다는 그 관계에 나는 마음이 끌렸다. 그에 대해 약간은 알았다는 우월감 같은 것에 젖어들었다.

"반밖에 피가 안 섞여 있는 사이는, 친해지면 안 돼?"

"넌 낙관적이라 좋겠다."

나는 나쁜 생물이 때때로 털어놓는, 낙담과 체념이 섞인 과장된 한숨이 왠지 어른스러워 보여 좋았다. 으쓱 하는 어깨 짓에서 꾸며낸 티가 난다. 불안한 건 알아, 하고 말하면 분명 부정하고 들 것이다.

"틀림없이 괜찮을 거야. 무엇보다, 만날 수 있을지 없을지도 모르고."

시설에 간 적은 나도 없다. 나도 그와 마찬가지로 밖에 나갈 수 없기 때문이다.

"저쪽 사람들은 번호로 불리고 있어."

나갈 때 나는 그에게 가르쳐주었다. 이 밖에도 많은 걸 가르쳐주었다. 정보는 최대한 많은 편이 좋기 때문이다.

"죄수 같아. 우리는 나쁜 짓을 하고 있는 건가?"

본 적 없는 아이들. 나와 그들, 그리고 나쁜 생물에게는 타인에게 영향을 미치는 힘이 있다. 나쁜 것인지, 나쁘지 않은 것인지를 스스로 결정할 수 있다면, 나는 나쁘지 않다고 말하고 싶다.

"나는 태어난 것만으로도 잘못된 존재였으니까, 뭐라고도 할 수 없어."

나쁜 생물은 대답했다.

"내가 태어난 탓에 형이 힘들었거든."

나쁜 생물의 형은 아버지가 데려온 자식이라고 했다. 원래 '영감이 있다'는 말을 하며 다른 사람들을 곤란하게 만든 형이었기 때문에, 주변에서는 꺼림칙하게 생각한 모양이었다. 그때 후처가 나쁜 생물을 낳았던 것이다. 형은 집안 한구석으로 쫓겨났고, 그러고 나서부터는 나쁜 생물만이 가족 안에서 우대받았다.

하지만 나중에 판명되었다.

나쁜 생물 쪽이 형보다 훨씬 더 강한 힘을 가지고 있었다는 것을—.

그에게는 나쁜 것만 보인다. 타인의 원한이 그 눈에 비친다. 가족이 전처에게 미움받고 있는 것도 보았다. 다른 사람들의 종말을 알 수 있었다. 마치 사신처럼 죽음 등, 여러 가지에 대해 예언했다. 그리고 모든 것이 말한 대로 됐다. 아무리 피하려고 해도.

"엄마가 병으로 누우면서 쫓겨나고, 다시 후처가 왔어. 즉, 나는 형과 같은 처지가 된 거지."

마치 모친의 원한이라도 풀 듯이 친척 전원에게 일어날

불행을 예언했을 때, 그는 버림받은 모양이었다. 그리고 그를 거둔 것은, 그에게 이용 가치가 있다는 것을 눈치챈 시설 사람이었다. 하지만 그의 힘은 다루기가 어렵다……

그렇다면 내 힘은, 그를 위한 맞춤 같다.

나는 원피스 차림인 그의 등에 기대어 그의 강한 척하는 말을 들으면서, 되도록 외롭지 않기를 진심으로 기원했다. 불행한 성장 과정보다, 외톨이로 어두운 방에서 보내는 나날보다, 그가 '부디 형에게 미움받지 않기를' 바라는 편이 훨씬 쓸쓸한 느낌이 들었다.

그리고 그의 등에 대고,

"형의 번호는 말이야."

하고 말했다. 하지만 그는 말하지 말라고 했다.

"왜?"

"번호 같은 건 필요 없어. 내가 알아볼 테니까……."

나쁜 생물의 슬픔을 나는 안다. 나는 입을 다물고 번호를 가르쳐주지 않기로 했다. 그런 것을 알지 못해도 그는 단 하나뿐인 형을 찾아낼 수 있을 것이다.

나쁜 생물이 밖으로 나간 후, 나는 그가 이제 돌아오지 않을 가능성에 비로소 생각이 미쳤다. 내가 가둬야 할 '나쁜 생물'을 뻔히 알면서 도망치게 놔둔 건지도 모른다.

하지만 그렇다면 그것대로 괜찮지 않을까, 하고 생각했다. 갇힌 느낌이 드는 지하실에서 평생을 보낼 걸 생각하면, 왠지 지하실의 어둠과 마찬가지로 기분이 침울해졌기 때문이다. 대체 언제까지 나쁜 생물은 여기에 있어야 하는 걸까? 우리는 앞으로 어떻게 되는 걸까?

불안한 마음은 아랑곳없이 나쁜 생물은 돌아왔다.

"형은 만나지 못했어."

나는 낙담했지만 그는 별일 아니라는 표정을 짓고 있었다. 보기 드물게 생기가 넘쳤던 것은 오랜만에 밖에 나갔기 때문일까?

우리가 밀회하며 그가 외출할 수 있게 된 후로, 겨울은 끝나고 봄도 지났으며, 세상은 여름으로 변해 있었다. 에어컨이 시원한 지하실에서는 각 계절의 소리가 들리지 않는다. 한낮에 얼마나 더웠는지도, 주위 숲에서 얼마나 시끄럽게 매미가 울었는지도 틀림없이 그는 몰랐을 것이다.

"삼 번을 만났어."

"삼 번?"

나는 내 머릿속에서 삼 번의 정보를 뒤졌다.

이윽고, 약간 행복해 보이는 소년의 사진을 꺼냈다. 분명 저쪽 시설 안에서 가장 나이가 어릴 것 같다. 뭔가 계획에 착오가 생겨 오게 됐다고 적혀 있었던 것 같다.

누구 하나 거둬줄 사람 없는 불쌍한 소년. 살아 있는 친척 등의 칸에는 모두 가위표. 그것은 인수 거부를 의미한다. 누구도 해당 인물을 받아주지 않는다―. 소년이 밖에서 살기는 힘들 것 같았다.

나쁜 생물은 형을 찾고 있었지만 시설에는 들어갈 수 없어서 상당히 난항을 겪고 있는 듯했다. 하지만 삼 번만은 묘하게 만나고 있는 모양이었다. 친구가 생겼다고 기뻐하는 게 신기했다. 친구를 원했던 건 아니었을 텐데.

그러저러 하는 동안, 나쁜 생물의 형이 시설에서 나갈 날이 결정되었다는 걸 나는 알았다. 게다가 그리 멀지 않았다.

고맙게도 어른들은 시설 일에만 매달리느라 내가 나쁜 생물을 만나는 것도 묵인했다. 부지에서 나가지 않을 거라고 생각해 방심하고 있었을 것이다. 실제로도 그랬다.

나는 틀림없이 평생을 여기서 살 것이다. 단추를 잘못 끼워 태어난 아이는 바깥 세계에서는 살아갈 수 없다. 하지만 그런 나도, 나쁜 생물을 가둬두는 역할을 맡고 있다. 내게도 살아갈 권리가 있는 것이다.

나쁜 생물도 분명 여기를 나갈 수 없을 것이다. 그도 밖에서는 살기 힘들 테니까.

"어머니가 데리러 온대."

나쁜 생물의 형─ 팔 번. 팔 번은 아마 어머니가 거두는 모양이었다. 강제로 시댁에서 쫓겨나 일방적으로 인연이 끊긴 팔 번의 어머니. 갓 태어난 팔 번의 사진을 소중히 여기던 착한 어머니가, 팔 번이 시설로 쫓겨 간 것을 알고 연락을 해왔다고 한다.

내가 팔 번을 만난 것은 정말 우연이었다.

시설에서 나올 즈음 팔 번이 서양식 주택 쪽으로 왔던 것이다. 마침 그 자리에 있었다. 정말 우연이었다.

아니, 나는 만날 것을 노렸다. 나는 퇴소하는 소년소녀가 사무 수속 때문에 일단 서양식 주택 쪽으로 온다는 것을 알고 있었다.

그게 안 되면 내 쪽에서 팔 번을 만나러 갈 참이었다. 시설에는 한 번도 가본 적이 없었지만 나라면 분명 그와 잘 접촉할 수 있을 것이다.

내가 마음만 먹으면 이 서양식 주택에 선생님을 가둘 수도 있었다. 해본 적은 없지만 할 수 있을 거라고 생각했다. 즉, 추격자를 신경 쓸 필요 없이 시설에 갈 수 있었다. 팔 번과의 접촉은 쉬웠다.

그것을 시도하기 전에 팔 번을 만날 수 있었던 것은 기적이었다. 어른들에게 들키지 않도록 무척 애썼다. 화장실에 들어간 팔 번이 나오기를 기다려, 슬쩍 말을 건넸다.

"만나고 싶어 하는 사람이 있어."

지하실로 데려갈 시간은 없었다. 그렇게 되면 모든 게 나쁜 방향으로 기울 듯한 예감이 들었다.

"누구?"

그 물음은, 만나고 싶어 하는 사람이 누구냐는 의미가 아니라 애당초 넌 누구냐? 하는 물음이었다.

"그런 건 아무래도 상관없고."

하고 단숨에 말을 쏟아내는 동안 어른의 기척이 났다.

여기에서 제대로 해내지 못하면 팔 번은 나가버린다. 아

무튼 약속을 잡아야만 했다. 나는 시설 속사정에는 밝았
지만, 어디에 어떤 빈틈이 있는 것까지는 알지 못했다. 그
런 나를 보다 못해 팔 번이 먼저 구원의 손길을 내밀어 주
었다.

팔 번은 자신의 오래된 '팔 번'을 내게 주었다.

"창고. 소등한 후에."

나는 팔 번을 보았다.

서둘렀기 때문에 제대로 보지 못했지만, 팔 번은 나쁜
생물과 전혀 닮지 않았다. 하지만 목소리가 똑같았다. 낮
고, 부드러운 얘기 방식도 비슷했다. 형제가 틀림없다고 생
각했다. 반밖에 피가 섞이지 않았다는 건 대체 뭘까. 그런
건 어른의 사정이었다.

그 후 나는 '팔 번'을 나쁜 생물에게 건네주었다.

이건 번호표였다. 이 번호표에 어떤 약속이 새겨져 있는
지는 우리밖에 모른다.

"오늘밤, 만나러 가봐. 이제 두 번 다시 만날 수 없을지
도 모르니까."

나쁜 생물은 얌전한 표정으로 번호표를 받았다. 형이 이

걸 매일 달고 있었다는 걸 알고 신기한 기분이 드는 모양
이었다.

나쁜 생물은, 돌아오지 않았다. 아무리 기다려도 돌아
오지 않았다.

언제까지고 여기에서 기다리려고 했는데, '나쁜 생물'을
밖으로 내보낸 죄는 위중한 듯했다. 내 마음대로 할 수도
없게 되었고, 특별 취급도 받지 못하게 되었다. 가둘 대상
을 잃고 나는 갇히는 신세가 되었다. 얼마 후 나를 데려가
겠다는 친척이 나타나 그렇게 밖으로 나가게 되고 말았다.

나쁜 생물은 어디로 가버렸을까?

몸은 점점 성장해갔다. 나는 기분 나쁜 생각을 거듭하면
서도 문을 닫지 않는 생활을 철저히 하는 등 온갖 일을 하
며 보냈다. 아무것도 모르는 사람에게 주의 받는 게 제일
귀찮았다. '닫아버릴까……?' 하고 심술궂은 생각을 하기
도 했다.

밖에 있을 때는 그나마 나았지만, 집에 있어도 긴장해야

만 했다. 그 말인즉슨 뭔가가 늘 지켜보는 듯한 느낌이 들었던 것이다.

실제로 나는 보여졌다.

시선에 노출되어 있었다.

예뻐졌다는 말이 늘었기 때문이기도 하지만 아는 사람은 안다. 나는 사람을 치어 죽인 인간의 자식이라는 걸. 시선은 호기심이다. 저게 그……, 하고 말하는 것 같다.

나 같은 인간에게 평온하게 살 권리는 없었다.

친척들 사이에서 폭탄 돌리기 신세가 된 건가 싶었는데 한집에 머물며 연금되기도 하고, 없는 셈 치는 건가 싶었는데 강렬한 악의에 노출되기도 했다.

그 속에서 나를 비호해준 것은 '오빠'였다. 진짜 오빠는 아니었다. 나이가 위여서 오빠라고 부른 것뿐이다. 피는 아주 조금밖에 안 섞였지만 마치 친동생처럼 대해주고 귀여워해줬다. 그것은 마치 반밖에 피가 섞이지 않은 나쁜 생물과 팔 번 같아서, 혈육 따위는 아무 상관없다고 믿고 싶었던 나를 기쁘게 했다.

이상한 시선을 느낀다고 호소해도 아무도 믿어주지 않았는데, 오빠만은 믿어주었다.

오빠 방에 가서 잔 적도 있었다. 그 무렵 나는 중학생이 되어 있었는데, 오빠는 어린아이를 대하듯 머리를 쓰다듬으며 재워주었다.

시선의 정체는 모른다.

방 안에 있어도 느꼈기 때문에 엄청 기묘했다. 그래서 나는 혼자 방에 있는 게 두려워 늘 오빠 옆에 있었다.

밖에 있을 때는 타인의 시선. 방에 있을 때는 기묘한 시선. 이래서는 조금도 정신이 쉴 틈이 없었다.

게다가 오빠가 아닌 다른 사람들에게는 냉대를 받았다. 겨우 오빠라는 안식처를 얻었고, 오빠는 나를 귀여워 해주는데 사람들은 그것조차 싫은 표정을 지었다.

언제였던가, 오빠가 혼나는 소리를 들었다. 나와 관계하지 말라고, 우연히 집에 찾아온 친척 할아버지에게 주의를 받고 있었다.

"그런 여자아이와 관계하면, 넌 불행해질 거다."

마치 예언처럼 말했다.

실제로 내 주위는 불행으로 가득했다. 나는 '가둘' 뿐만 아니라 타인을 불행하게 하는 힘이 있다고 생각했다. 분명 부모님을 죽인 것도, 할머니를 죽인 것도 내가 원인이었을 것이다.

─태어났을 때부터 잘못된 생물은 내 쪽이었다.

나쁜 생물을 떠올리자 몹시 만나고 싶었다.

결국 방을 구석구석 뒤진 나는 감시 카메라의 존재를 눈치챘다. 역시 누군가가 감시하고 있었던 모양이다. 실내를 몰래 촬영하고 있었던 것이다. 하지만 모르는 척했다.

나도 몰래 감시 카메라를 설치했다.

범인은 오빠였다.

내가 설치한 감시 카메라를 보니, 오빠가 내 방에 들어와 온갖 못된 짓을 하는 게 확인되었다. 소름이 돋았다.

결국 나는 어디로도 갈 수 없는 모양이었다.

살아가는 게 힘들다.

내 방에서 오빠가 덮쳐왔을 때도, 저항하면서도 반쯤은 포기했었다. 주위 사람들을 불행하게 만들고, 나도 불행해진다. 현실에는 아무런 희망도 없었고, 아무리 저항해도……, 아니, 저항하면 할수록 오히려 훨씬 안 좋은 방향으로 돌진해가는 기분이 들었다.

그때─ 기묘한 소리가 났다. 방에 놓여 있는 전신 거울

쪽에서였다. 하지만 거기에는 거울밖에 없었다. 아니, 또 무슨 소리가 들렸다.

거울에, 기묘한 손자국이 나타나 있었다. 아무리 생각해 봐도 방금 묻은 것 같은 핏자국이 생겨 있었다. 오싹함보다 호기심이 더 컸다.

오빠가 내게서 떨어졌다.

근처에 있던 사전을 집어든 것은 그야말로 우연이었다. 순간적이라, 어쩌려는 것도 아니었다. 역시 나는 내 인생을 포기할 수 없었다. 정신을 차리고 보니, 오빠가 기묘한 소리에 신경 쓰는 틈을 노려 몇 번이고 몇 번이고 내리치고 있었다.

피가 튀었다. 퍼뜩 정신이 돌아왔다. 몸은 흥분되고, 기분은 고양되었으며, 머리는 새하얬다. 그 자리에 주저앉았다.

엎어진 오빠의 몸을 보았다. 왠지 현실 같지가 않았다. 그때 왠지 누군가의 목소리가 들렸다.

"괜찮아."

어딘가에서 들은 목소리였다. 거울 안에서 목소리가 들려왔다. 들었던 적이…….

"괜찮아. 도와줄게. 힘이 되어줄게."

젊은 남자 목소리였다. 담담했다. 하지만 어딘지 따뜻함
이 묻어 있었다.

……들어본 적 있는 목소리야.

누구지?

틀림없이 들었던 적이 있다. 어디에서? 누구?

─잠깐이면 됩니다. 지금, 괜찮을까요?

내 기억 속에서, 이 목소리의 소유자는 그렇게 말했다.

부모님이 치어 죽인…….

거울에서 언젠가 들었던 경찰 목소리가 났다. 환청? 설
마. 피 묻은 손자국도 나 있었다. 그가, 거울 저편에 존재
하고 있는 것이다. 죽은 사람이, 유령이 되어 거울에 달라
붙어 있다.

부드러운 목소리였다. 어쩌면 나는 '그'를 상당히 오랫동
안, 거울 안에 가둬버린 모양이었다.

그 후의 날들은 비교적 어이없이 지나갔다. 중학교, 고
등학교……. 전문대학 시절에 들어간 영화 동아리 작품에
출연한 것을 계기로 무대에 서게 되었다.

내 장점은 무서운 걸 모른다는 점이었다. 고독 이외에는

무서운 게 없었으므로 겁먹지 않았다. 미지의 세계에도 아무렇지 않게 뛰어들 수 있었다.

그런 점이 무척 부럽다고 누군가가 말한 적이 있었다. 나도 그래, 하고 웃었지만 뛰어들어도 무섭지 않았던 건, 결국 어디로 뛰어들든 내가 있을 곳은 없었기 때문인 것 같았다.

불안하지 않은 이유는 원래 내가 있을 곳이 아니기 때문이다. 그곳에서는 아무것도 손에 넣을 수 없다. 그걸 알기 때문에 불안하지 않다.

이제, 죽어도 좋다.

소중한 것이 생겼다 해도, 틀림없이 중요하게 여길 수 없을 테니까.

팔 번으로부터 연락이 온 것은 작은 영화제에서 상을 받았을 때였다.

나는 배우로서 특히 두드러진 존재는 아니었지만 고맙게도 작은 뉴스거리가 되었다. 그래서 팔 번은 나를 발견하게 되었을 것이다.

그리고 팔 번으로부터 온 편지 저편에는, 나쁜 생물의

기미가 보였다.

팔 번과 나쁜 생물은 사이좋게 지내고 있을까? 두 사람이 함께 있다면, 이 편지라는 연결고리를 거슬러 나쁜 생물과 만날 수 있을 것이다.

만나고 싶다.

왜 그때 아무 말도 없이 사라졌는지 묻고 싶었다. 어디로 갔는지도 묻고 싶었다.

처음으로, 무서웠다. 아는 게 무섭다. 오랜 시간이 지났다. 이제 와 만나서 어쩌자는 걸까? 그래도, 안절부절못했다. 그 옛날 함께 보낸 약간의 시간으로 배양된 마음이 부풀어 올라 어찌할 바를 몰랐다.

만약 빨간 실이 있다면 끌어당기고 싶었다. 만나기만 해도 좋다. 가능하면 무엇이든 다 묻고 싶었지만, 말할 수 없다면 그건 그것대로 그다워서 좋다.

아무튼, 만나고 싶었다.

팔 번에게서 온 편지에는 나쁜 생물에 대한 내용은 전혀 쓰여 있지 않았다. 하지만 기적이 느껴졌다. 사라져버린 그를 움켜쥐고 싶었다.

팔 번과의 약속은 간단히 이루어졌다.

12월 초순의 밤이었다. 눈이 내렸다.

그럭저럭 얼굴이 알려진 나는 스캔들을 우려하여 실내에서 약속을 잡았다. 팔 번이 지금 살고 있는 곳은 신주쿠의 주상복합 건물이었다. 주상복합 건물 바로 옆에 카페가 있었는데, 거기에서 만나기로 했다. 작은 개인실용 칸막이가 있고, 조명이 어두워 다른 사람에게 들킬 우려는 없을 것 같았다. 가보니, 실제로 그랬다. 이윽고 나타난 그는 기억에 있는 팔 번보다 나쁜 생물과 더 닮은 것 같았다.

실제로, 나쁜 생물이었다. 드디어 만났다— 하지만, 그는 지쳐 있었다.

바깥 세계로 나온 그는 초췌했고, 그래서 가능하다면 그만 인생을 끝내고 싶어 했다.

"왜?"

나는 물었다.

"빼앗았어."

그는 대답했다.

"형의 인생을 빼앗았어."

나는 '팔 번' 명찰을 받은 후의 얘기를 나쁜 생물에게서 들었다.

약속의 번호표를 손에 들고 창고로 가서 형제가 대면했던 것. 거기에서 결국 두 사람은 친해질 수 없었다는 것. 동생에 대해서는 생각해본 적도 없었다는 것. 그가 말해준 것은 슬픈 내용뿐, 즐거운 얘기는 하나도 없었다.

나쁜 생물은 이미 반쯤 죽어 있는 상태여서, 이제 곧 나머지 반도 죽여버릴 거라고 말했다.

나를 그 시설에 둔 채 아무 인사도 하지 못한 게 유일하게 마음에 걸려서 나와 만나기로 했던 모양이었다.

그렇게 생각해준 것은 너무 기뻤지만 다른 모든 건 나빴다.

"다시 생각해봐."

"나는, 밖으로 나오면 안 됐어."

팔 번을 죽여버렸다고 나쁜 생물은 말했다.

대면한 형제는 말다툼을 벌였다. 말다툼하는 동안 손이 튀어 나왔다. 그러다가 머리로 들이받았는데, 비어 있던 뜀틀 속으로 팔 번이 굴러 떨어지고 말았다. 떨어졌을 때 심하게 부딪혔는지, 나오지 못했다. 나쁜 생물은 그대로 뚜껑을 닫아버렸다. 작은 보복을 할 생각이었다.

하지만 그때 어린 그는 보았다. 발치에 떨어져 있던 명찰 저편에 있는 무서운 미래를.

팔 번을 내버려두고 와서 팔 번으로 대신 살았다. 그리고 그것은 반쯤 성공했다고 말했다. 어머니는 갓 태어난 자기 자식밖에 몰랐으므로 모자 관계는 제로에서 만들어 가면 되었다.

고맙게도, 중학교도, 고등학교도, 대학도 나왔다. 대기업에 취직해 미인 여자 친구까지 생겼다. 그의 인생은 순풍에 돛을 단 것 같았다. 그럴수록 이것은 팔 번이 보내야 할 인생이었다 싶어 죄책감에 시달렸던 모양이었다.

"몇 번이나 자살하려고 했어. 하지만 죽지 못했지. 어머니가 울어서……."

그의 자살하고 싶은 마음에 운 것은 팔 번의 어머니였다. 자신의 아들이 살해당한 것도 모르고, 진짜를 죽인 가짜인 그에게 '죽지 말라'며 울었다.

죽기보다 더 지독한 고통의 맛을 보면 된다는 기분과, 만약 용서받을 수 있다면 구원받고 싶다는 기분 모두가 그를 지배하고 있었다. 그 생각은 마음 깊은 곳에서 공감할 수 있었다. 우리는 정말 살기 힘들었다. 이 세계는 우리에게 친절하지 않다. 폐쇄적이고 너무 숨 막힌다.

그 어두운 지하실에서, 영원히 둘이 있었으면 좋았을 텐데……

"나를 다시 가둬줘."

그렇게 말해서 나는 번뜩 떠오른 생각이 있었다. 그의 제안을 기다렸던 것 같다는 생각마저 들었다.

"그럼 도와주고 싶은 사람이 있어."

나는 고개를 끄덕이며 말했다.

"도와주고 싶은 사람?"

"응."

잘될지 어떨지는 모르겠지만 나는 상상했다.

감옥 같은 어둠의 세계에서 여전히 방황하는, 아무 죄도 없는 그와 어둠의 세계에서 구원을 찾으려는 눈앞의 그.

그는, 지하실에서 발견했다. 그리고 다시 가둬주자. 어쩔 수 없다.

이제 두 번 다시 나올 수 없는 세계가 거울 저편에 펼쳐져 있다는 것을 나 자신도 알고 있었다. 나도 어두운 장소에서 잠든 적이 있다.

거기에는 아무것도 없다. 정적과 어둠의 지배를 받는다. 아무것도 없는 것이 분명 나쁜 생물에게는 행복할 것이다. 어떤 색깔보다도 깊은 공간이, 어느 곳보다도 평화롭고 행복하게 살 수 있는 천국일 것이다.

바라건대, 어둠의 끝이 진짜 천국으로 연결되어 있다면, 좀 더 좋았을 텐데. 이따금 지나가는 그 희미한 빛처럼.

계획을 세웠다. 나쁜 생물과 재회한 후, 늘 생각했다.

나는 어둠 속에서 나온 사람을 제대로 설득할 수 있을까?

제발 그를 해방시키고 싶지만……. 그는 거절할지 모른다.

가능하다면 이제 나는 살고 싶지 않았고, 다시 태어나고 싶지도 않았다. 나쁜 생물과 교대하는 것과 내가 죽는 것을 이해해줄까? ……분명 이해해줄 것이다. 그는 끝이 있다는 것이 얼마나 큰 구원인지 알고 있을 테니까.

12월 중순이었다.

나는 집에서 열차로 신주쿠까지 갔다. 혼잡한 열차 안은 비릿했고, 겨우 나왔다 싶었는데 몹시 추워지고 있었다. 역에서 내려 주상복합 건물이 있는 쪽으로 걸어갔다. 밖은 밤이었다. 얼어붙을 것 같은 밤이었다. 하늘은 새까맣게 어두웠다.

숨을 내쉴 때마다 내가 살아 있다는 것을 실감했다. 떠밀려 아팠고 괴로웠다. 춥고 차가웠다. 죽는다는 행위는 더욱 아프고 고통스러운 건지도 모른다. 살해당할 때 나는 비명을 지를까?

부디, 누구에게도 들리지 않았으면 좋겠다. 그러기를 바랐다. 나는 내 인생에 있어, 고독이라는 무서운 곳에 늘 있었지만 이제 드디어 다른 어딘가로 갈 수 있다. 마침내 내가 있을 곳에 도달할 것이다.

지옥은 어떤 곳일까? 불길이 뿜어져 나오고, 피 연못이 있다. 구멍 속으로 하염없이 떨어지면 지상을 짓누르는 메마른 붉은 하늘에 사람이 무수히 떠 있다. 검은 바람이 분다. 나쁜 연인들을 혼내주고 있다. 몰아세우는 여괴. 수많은 악인들이 어두운 늪에서 괴로워하고 있다. 얼음 알갱이가 쏟아져 내린다.

사람을 계속 죽여온 인간에게도 갈 수 있는 장소가 있

다니 놀랍다. 설령 부글부글 삶아지더라도, 얼음 속에 들어가 있더라도 여기가 내게 주어진 보금자리라고 생각하면 그곳은 천국이다.

내가 모든 죄와 벌을 받은 후— 그러니까, 얼마나 시간이 걸려도 좋다. 그렇다, 어둠의 세계에서 나쁜 생물의 피곤이 치유될 무렵이면 좋겠다. 나는 그를 만나고 싶다. 하지만 이루어질 리 없다. 게다가 신이 소원을 들어준다 해도, 이 소원은 신에게 가 닿지 않아도 상관없다.

부디, 내 바람이 어디에도 닿지 않기를.

부디, 천국에 닿지 않기를

2022년 3월 15일 초판 발행

저자 하세가와 유
역자 김해용

발행인 정동훈
편집인 여영아
편집국장 최유성
편집 양정희 김지용 김혜정 박수현
디자인 형태와내용사이

발행처 (주)학산문화사
등록 1995년 7월 1일
등록번호 제3-632호
주소 서울특별시 동작구 상도로 282
편집부 02-828-8834
마케팅 02-828-8985~7

ISBN 979-11-6876-130-8 03830

값 11,000원

북홀릭은 ㈜학산문화사에서 발행하는 일반 소설 브랜드입니다.